숨 쉬러 숲으로

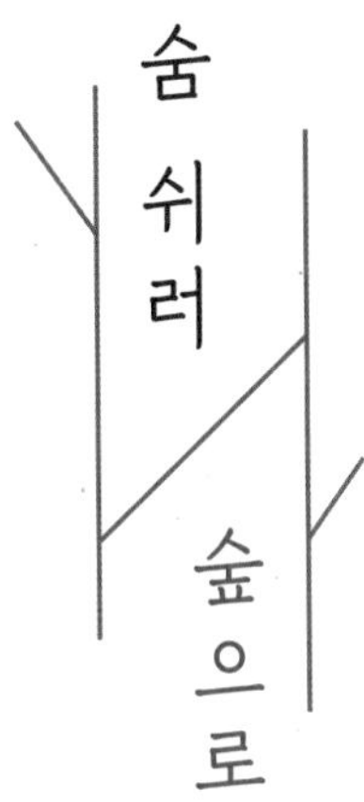

숨 쉬러 숲으로

장세이 지음

문학수첩

작가의 말

숨 쉬러 숲으로 갑니다

고백하건대 나는 늦된 사람이다. 무언가 배우고 깨우치는 데 더딘 축이다. 성정처럼 삶의 여정 또한 그러했다. 일곱 살에 초등학교에 들어간 일 빼고는 대학교 입학도, 취업도 모두 남들보다 늦었다. 기껏 사범 대학을 졸업하고 잡지 기자가 되면서 안정된 삶과도 일찌감치 멀어졌다.

늦되고 뒤처진 나의 현실을 깨달은 때도 불혹을 넘긴 뒤였다. 뒤늦은 각성은 성급한 질주로 이어졌다. 어디에 이르렀는지 모를, 진정 존재하는지도 모를 선두를 따라잡으려 길을 재촉했다. 숲을 등진 채 속도를 올리며 미지의 어딘가로 질주했다.

닥치는 대로 움켜쥔 통에 겨우 곳간은 채웠지만 그럴수록 마음은 공허했다. 손에 잡히는 무언가가 늘어날수록 보이지 않는 무언가가 사라져 갔다. 유달리 희뿌연 어느 날, 거울 속에서 낯선 얼굴을 보고서야 무언가 크게 잘못되었음을 깨달았다.

어떤 기억은 돌이 된다. 생의 길이를 따라 돌이 된 기억도 늘었다. 돌은 심연을 떠돌다 생채기를 내며 일상의 하중을 높이다가 급기야 숨구멍을 막아버리기도 했다. 덩달아 숨 쉬기 버거운 순간과 멈추어 선 채 심호흡을 하는 날도 늘었다.

문득 나무와 숲 공부를 하던 때, 집보다 숲에 오래 머물던 시절이 그리웠다. 제대로 숨 쉬고 싶어 다시 숲에 들었다. 오랜만에 나무 그늘에 머물며 내 숨소리에 귀 기울였다. 그 자리에서 '숨이 멎다', '숨이 다하다'라는 말이 왜 죽음을 이르는지 깨달으며 '삶은 곧 숨'이라는 진실과 마주했다.

이후 숨차고 숨 막힐 때면 숲에 들었다. 깊은숨을 몰아쉴 때마다 나무와 숲은 푸른 제 숨을 거저 나누어 주었다. '제대로 숨 쉬며 오롯이 서는 일이 온전한 삶'이라 나직이 일러주었다. 그렇게 숨구멍을 막던 수많은 돌을 숲에 내려놓았다.

고로 이 책은 스물네 그루의 나무가 제대로 숨 쉬지 못하는 한 인간을 살린 심폐 소생기이자 숲에서 다시 일상을 살아갈 근력을 기른 재활 훈련기이다. 어리석고 상처 난 인간에게 전하는 숲의 위로문이자 격려문이기도 하다.

책 한 권 낼 때마다 고마운 마음도 한 켜 늘어난다. 기꺼이 이 책의 글감이 되어준 사람들, 한자리에서 묵묵히 책향과 차향을 퍼뜨리는 목수책방의 은정 대표, 어떤바람의 세희 대표, 짜이다방의 선영에게 고맙다. 오래도록 소중한 인연, 정애와 지현, 기은에게도 각별한 마음을 전한다.

이 책을 쓴 제주 집 가까운 곳에 산방산과 송악산, 그리고 두 산의 이름이 깃든 산방도서관과 송악도서관이 있어 다행이었다. 이 땅의 숲과 그 숲에 깃든 뭇 생명 덕분에 다시 글을 썼다. 끝으로 이 책을 읽는 당신에게도 숲의 깊고 푸른 숨이 온전히 전해지기를 바란다.

2021년 여름 서귀포에서
장세이

차례

푸른 숨결의 정점

여름

나직이
숨을
고르는

가을

이윽고
깊이
숨 쉬는

겨울

전나무
"죽은 나무가 숲을 살린다"

1919년이나 2121년을 살 수는 없으니 내가 살아갈 해 중 두 자릿수가 반복되는 유일한 해라며 반겨 맞이했건만, 2020년은 그럴 만한 해가 아니었다. 그해 첫 달부터 큰 시련이 닥쳤다. 서울살이의 대부분을 함께한 반려묘, 나의 다정한 친구이자 어엿한 스승, 소중한 가족인 메이가 많이 아팠다.

18년 전, 처음 만났을 때 메이는 어미를 잃은 채 동네 아이들이 주는 문어맛 과자로 연명하던 아기 고양이였다. 이른 장마로 폭우가 쏟아지던 6월의 어느 밤, 결국 메이를 집으로 데려왔다.

다음 날 찾아간 동물병원에서 한 달 전쯤 태어났으리라는 수의사의 말에 5월을 뜻하는 메이May라는 이름을 지어주었다.

어릴 때 메이는 하악질이 심한 사나운 고양이였으나 해가 갈수록 점점 애교가 많아졌다. 내 품을 파고들어 낮잠을 자고 내 팔을 베고서야 밤잠을 잤다. 내가 집에 늦게 오면 현관 앞에 나와 오래도록 잔소리를 하는 수다냥이였고, 수년간 먹은 다이어트 사료가 무색하게 체중이 8킬로그램을 웃도는 뚱냥이였지만 내 눈에는 그저 사랑스러웠다. 특별히 잘 먹인 것도 없는데 잔병치레 없이 마냥 건강해 자랑스러웠다.

그런 이유로 동물병원에서 신부전 소견을 받았을 때에도 치료만 잘 받으면 금세 나아질 줄 알았다. 하지만 메이의 상태는 급격히 나빠졌다. 급기야 사료를 거부하고 물만 먹더니 털 고르기도 하지 않고 자꾸 침대나 옷장 밑으로 숨어들었다. 그런 메이를 끌어내 매일 수액을 맞히고 사료를 강제로 먹이고 목구멍 깊숙이 알약을 밀어 넣었다.

노령묘 치료로 이름난 여러 동물병원을 찾아다녔지만 차도는 없었다. 수액을 맞는 만큼 빨리 차오르는 복수를 뺄 때마다 메이의 날카로운 비명에 가슴만 에였다. 어느 새벽, 결국 눈알이 좌우로 계속 흔들리는 안구 진탕까지 온 메이를 안고 야간 병원으로 가면서 메이와 함께할 날이 머지않았음을 알았다.

수의사는 진작부터 안락사를 권했지만 차마 동의할 수 없었다. 할 수 있는 데까지 뭐든 더 해보려 했다. 어느 아침, 밤새 잠들지 못한 채 물까지 토해놓은 메이를 보고 뒤늦게 안락사를 결정했다. 사랑하는 존재가 영영 내 곁을 떠날 시기와 그 방법을 대신 결정하는 일은 뜨거운 바늘에 찔린 듯 낯선 고통과 날선 통증을 안겼다.

마취 주사에 이어 심정지 주사를 놓자 얕은 숨을 쉬던 메이의 가슴은 이내 멈추었다. 숨이 멎은 메이를 안고 동물 화장장까지 어떻게 갔을까. 소각로에 불꽃이 타오르는 모습과 모로 누운 메이의 형상 그대로 돌아 나온 뼛조각과 그걸 부수는 과정을 지켜본 후, 여전히 따뜻한 메이의 뼛가루를 받아들고 화장장을 걸어

나온 그 모든 순간이 다 꿈이면 얼마나 좋을까.

거실 한가운데 메이의 유골함을 두었으면서 한동안 현관문을 열면 습관처럼 “메이야” 하고 불렀다. 아무런 기척이 없는 빈 집에 들어서 멍하니 서 있다 무너지듯 침대에 누워 메이의 사진과 동영상을 뒤적이다 지쳐 잠들곤 했다.

메이가 떠난 후로 가고 싶은 곳도, 하고 싶은 일도 사라졌다. 개나리가 피어도, 벚꽃이 흩날려도 다 시큰둥했다. 펫로스증후군이고 뭐고 다 귀찮기만 했다. 그저 거대한 도넛이 된 기분이었다. 시간이 지나면 나아지겠거니 했지만 가슴의 구멍은 무엇으로도 메워지지 않고 점점 커져만 갔다.

아버지의 임종을 홀로 지킨 이후 가족의 마지막을 지켜보는 일은 두 번 다시 하고 싶지 않다는 불가능한 희망을 품고 살았다. 그럼에도 결국 다시 그 일을 겪고 말았을 때의 낙담은 일상의 활기를 모조리 앗아갔다.

불행은 짝을 지어 온다더니 얼마 지나지 않아 다시 큰 재앙이 닥쳤다. 팬데믹은 빛의 속도로 나라를 넘어 대륙, 곧 온 세상을 집어삼켰다. 인파로 북적이던 서울숲 곳곳에도 출입 제한 문구가 내걸렸다. 숲과 등을 맞댄 생태 책방에도 위기가 닥쳤다. 월세는 그대로인데 매출은 0원인 날이 늘었다.

소상공인 대출까지 받으며 버텨보려 애썼지만 쉽지 않았다. 편집 대행 일이라도 하니 그나마 다행이라며 안심하던 차, 다음 해 재계약이 모두 불발되었다. 그렇게 2020년은 소중한 많은 것을 앗아갔고, 대출금 5천만 원과 메이의 뼛가루 5그램을 남겼다.

'죽음'이라는 단어를 떠올리면 자연스레 옛 기억의 한 장면과 마주한다. 15여 년 전, 조각가 최만린 선생님을 인터뷰한 적이 있다. 지금은 고인이 된 그는 한국 추상 조각을 이끈 근대 조각의 선구자라 평가받는 거목이다. 인터뷰 장소는 당시 파주 헤이리에 있는 그의 작업실이었는데, 사진 촬영까지 얼추 끝나자 선생님은 취재진을 위층 베란다로 안내했다.

당시 헤이리는 전원주택 단지로 인기가 높았고, 문화 예술계의 저명인사가 대거 입주하면서 연일 화제가 되었다. 마을에서도 외진 데 자리한 그의 작업실 베란다에서는 동화경모공원이라는 공동묘지가 내다보였다. 그 전망 때문에 다들 꺼렸다는데 선생님은 오히려 그 점을 마음에 들어했다. 묘지를 바라보며 삶과 죽음이 따로 있지 않다는 사실을 되새긴다면서.

숲에서 죽은 나무를 볼 때면 '삶과 죽음은 이어진다'던 선생님의 말씀이 떠오른다. 국립광릉수목원에서 죽은 전나무를 보았을 때도 그랬다. 수목원에서는 2010년 태풍 곤파스에 쓰러진 전나무를 그 자리에 그대로 두었는데, 숲 해설가 실습 때 만난 그 어떤 산 나무보다 인상 깊은 나무로 남았다.

숲에서 나무의 죽음은 슬퍼할 일이 아니다. 태풍에 쓰러지거나 벼락을 맞았을 때를 제외하면, 대개 나무는 선 채로 죽어간다. 서서히 분해되면서 밑동까지 허물어져야 비로소 쓰러지는데, 그 과정에서 숱한 미생물과 곤충을 먹여 살린다. 죽은 나무

는 마지막까지 새 생명이 움트고 살아가는 거름이 된다.

최근 들어 '죽음'을 두고 진지하게 고민할 때가 많다. 슬슬 나의 죽음도 준비해야 한다는 의무감이 든 탓이다. 고독사가 되기 십상인 1인 가구의 가장이자 구성원이 가져야 할 마음가짐을 되짚을 때마다 그 끝에서 메이와 전나무를 만난다.

스스로 곡기를 끊고 눈에 띄지 않는 자리에 들어 조용히 마지막을 준비하던 메이, 온 숲을 살리며 서서히 흙으로 돌아가던 전나무는 생을 마무리하는 자세와 태도 그리고 죽음이 곧 생의 끝은 아니라는 진실을 위대한 유산으로 남겼다.

워싱턴야자
"우리는 당신을 믿어요"

때때로 숲에서 강연을 한다. 이름은 강연이지만 느긋한 걸음으로 우리 곁의 뭇 생명을 찬찬히 들여다보며 산책하기가 주를 이루는 시간이다. 산책하는 동안, 참가자가 사람과 자연의 관계, 자연을 바라보는 시각을 한 번쯤 되돌아보기를 바라며 내가 아는 소박한 나무 이야기를 들려준다.

숲 강연을 제안받으면 그 장소로 서울숲을 추천할 때가 많은데, 가로수를 주제로 이야기의 물꼬를 트기에 알맞기 때문이다. 공원의 주요 관문 중 하나인 방문자센터 주변에는 담쟁이와 능소화, 으름덩굴 등 여러 종의 덩굴식물이 살아 자연에 대한 오해와 선입관을 찬찬히 짚어보기에 적당하다.

등나무나 칡은 무언가를 감으며 자라고 담쟁이는 담이나 벽, 바위와 수목 등 주위 지형지물에 붙어서 자란다. 줄기가 곧게 자라지 않는 덩굴식물은 본성대로 무언가에 기대어 자랄 뿐인데 '집 안에 등나무를 심으면 그 줄기처럼 일이 꼬인다, 벽에 담쟁이가 깃들면 건물이 무너질지 모른다'는 터무니없는 헛소문이 널리 퍼졌다. 한 번쯤 들어본 낭설에 고개를 주억거리던 참가자는 볼펜 똥만큼 작은 담쟁이 흡착판을 보고 나서야 이내 참회의 얼굴이 되곤 한다.

덩굴식물 이야기가 끝나면 이번에는 가로수 중 하나인 칠엽수 그늘 아래로 자리를 옮겨 가로수의 조건을 두고 이야기 나눈다. 간혹 '가로수는 낙엽이 적게 떨어져야 한다, 열매가 없어야 한다'고 말하는 이도 있는데, 가로수는 그저 미관용일 뿐이니 최대한 쓰레기(?)를 생산하지 않는 편이 낫다는 뜻이다.

가로수는 너른 그늘을 드리우면서 간판을 가리지 않아야 하니 빠른 시간에 크게 자라야 한다. 매연 많은 길가에 살아야 하니 공해에도 강해야 한다. 꽃이든 잎이든 보기에도 아름다워야 한다. 사람으로 치면 키도 크고 인내심도 강하고 인물까지 훤칠한 인플루언서Influencer에 가깝다.

그런 사람과 달리 가로수는 하찮은 대접을 받는다. 빗물 한 줄기 스밀 틈 없게, 뿌리가 제대로 숨 쉬지 못하게 나무 밑동 주위를 철제나 벽돌로 막고는 침을 뱉거나 구정물을 버린다. 그렇게 못살게 해놓고 나무가 정말 못 살 것 같으면 가차 없이 사지를 자른다.

이번에는 작은 연못가에 사는 수양버들 곁으로 가 가로수의 역사를 되짚는다. 서울의 첫 가로수로 낙점된 나무는 수양버들이다. 서울시 통계 자료에 따르면 1975년, 서울에는 6천 8백여 그루의 가로수가 살았는데 그때까지 가장 많은 가로수는 수양버들이었다. 아마도 서울 도심에 천변이 흐르던 때라 물가를 좋아하는 수양버들이 살기에 적당했을 테다.

이후 10년 동안, 서울의 가로수는 절정기를 맞는다. 급격한 도시화를 이루던 1985년, 아시안게임과 서울올림픽을 눈앞에 둔 서울의 가로수는 무려 20만 그루로 급증한다. 수양버들 다음으로 많던 나무가 전체 가로수의 절반가량을 차지하며 가장 개체 수가 많은 가로수가 되었다. 꽃가루 날림이 덜하고 아무 데서나 잘 자라는 양버즘나무는 서울의 성마른 성미를 채우는 데 딱이었다.

다시 10년이 흐른 1995년, 마침내 수양버들은 은행나무에게 2위 자리를 내주고 3위로 밀려난다. 또 그로부터 25년이 흐른 지금, 서울에 사는 가로수는 30만 그루를 웃돈다. 서울시 푸른도시국에서 공개한 가로수 통계 현황(2021년 7월 현재)에 따르면 서울의 길가에는 10만여 그루가 넘는 은행나무가 가장 많고, 양버즘나무도 6만여 그루나 된다. 느티나무와 왕벚나무도 각각 3만 5천 그루 넘게 산다. 반면 겨우 서른두 그루만이 남은 수양버들은 반세기도 안 돼 서울의 큰길에서 역사의 뒤안길로 자리를 옮겼다.

요즘 길가에서 자주 눈에 띈다 했더니 어느새 이팝나무는 왕벚나무에 이어 서울에서 다섯 번째로 많은 가로수가 되었다. 봄철에 밥알처럼 새하얀 꽃을 피우는 이팝나무와 잎과 꽃 모양이 백합과의 튤립을 닮아 목백합木白合이라고도 불리는 튤립나무는 외모 지상주의 풍조에 힘입어 차세대 가로수로 각광받는 중이다.

두세 시간에 걸쳐 서울숲공원을 돌며 자연을 대하는 마음을 되새긴 참가자에게 '우리 가까이 사는 나무와 숲에 관심을 가져 달라'는 당부로 숲 강연은 끝이 난다.

숲 강연에서 미처 전하지 못한 가로수 이야기는 아직 무궁하다. 한반도는 면적에 비해 수종이 다양한데, 특히 중부 지방과 남부 지방은 가로수부터 확연히 다르다는 이야기도 그중 하나다. 배롱나무 가로수길은 중부 지방에서는 보기 힘들지만 남부 지방에서는 종종 보인다. 지역에 따른 수종의 변화가 대번에 느껴지는 곳은 단연 한국 최대의 섬, 제주다.

제주에서는 담팔수, 먼나무, 후박나무, 조록나무 등 상록 활엽수를 길가에 심어 노상이 노상 푸르다. 제주 집 주변 가로수는 먼나무로 주로 남해안과 제주에 사는 나무다. 두껍고 윤기 나는 잎은 매양 짙푸르고, 루비처럼 새빨갛고 동그란 열매는 겨울 폭설에도 끄떡없다. 요즘 들어 제주에도 가로수의 세대교체가 이뤄지는 중이라 먼나무 가로수길이 자주 눈에 띈다.

하지만 뭐니 뭐니 해도 제주 하면 가장 먼저 떠오르는 전통의 가로수는 워싱턴야자로, 제대로 된 워싱턴야자 가로수길을 만나려면 서귀포시 보목동으로 가야 한다. 섶섬과 마주한 작은 포구 마을 입구에는 15미터는 족히 넘을 듯한 워싱턴야자가 왕복 2차선 도롯가에 길게 늘어서 있다.

워싱턴야자는 20미터 넘게 자라며 맨 윗부분에만 잎이 나고 줄기에는 거대한 잎자국이 남는 이색 수종이다. 워싱턴야자가 속한 야자과는 관다발이 흩어져 있고 형성층이 없으며 2차 생장인 부피 생장을 하지 않아 어릴 때나 다 자랐을 때나 줄기의 굵기가 엇비슷하다는 특징도 가졌다. (그런 이유로 야자과 나무를

나무로 구분하지 않기도 한다.)

워싱턴야자 가로수길을 보고 있자면 희한한 공간감에 잠시 어질해진다. 수평으로 좁고 긴 길과 수직으로 좁고 긴 나무가 교차하는 풍경에 들면 소실점이 하나인 회화 속으로 들어가는 기분이 들기도 하고, 동남아 어딘가로 공간 이동한 듯한 착각에 빠지기도 한다.

마을 입구의 수백 년 된 팽나무를 어린나무로 만드는 워싱턴야자 아래에 서보았다. 목을 등 쪽으로 바짝 꺾고도 몇 걸음 뒤로 물러나야 보이는 나무의 정상부를 제외하면 가지 하나, 잎 하나 없는 줄기가 새삼 신기했다. 분명 바람 센 바닷가 마을인데도 전봇대처럼 어디 한 군데 휘지 않은 강직성, 그루터기부터 우듬지까지 같은 둘레로 이어지는 일관성이 내게도 스며들까 싶어 워싱턴야자를 꼭 끌어안았다.

그러다 '워싱턴야자는 저 높은 꼭대기까지 어떻게 물을 끌어올릴까' 궁금해졌다. 식물은 그 양이 더 많은 데서 적은 데로 물을 이동시키는데 이때 잎의 증산작용과 뿌리 압력이 영향을 미친다. 잎이 광합성을 하는 과정에서 수분을 증발시키면 줄기의 수분이 잎으로 이동한다. 또 수분이 더 많은 흙에서 수분을 끌어온 뿌리는 같은 원리로 줄기로 물을 옮긴다.

이러한 사실을 익히 알면서도 실제 15미터가 넘는 식물을 마주하면 이론은 다 지워진다. 중력을 거슬러 해에 더 가까워지려는 푸른 생명은 그저 신화 속 이카루스 같아 보인다.

캄보디아 시엠립의 앙코르 유적지에서도 똑같은 궁금증을 가진 적이 있다. 루퍼킹 테라스Terrace of the Leper King 인근에서 잠시 쉬는데 유적지보다 훨씬 높게 자란 나무 한 그루에 시선이 멈추었다. 가지 없이 매끈한 줄기의 정상부에만 잎이 조금 달린 모습이 야자과 나무로 보였다. 때마침 관리인으로 보이는 한 남자가 지나가기에 말을 걸었다.

"어떻게 저 높은 나무 꼭대기까지 물이 올라갈까요?"

"왜냐면 그건 신이 행한 일이니까요!"

"저 나무가 쓰러지면 당신의 소중한 유적이 무너질지도 몰라요!"

"괜찮습니다. 인간의 업적은 신의 범사를 이길 수 없습니다."

"어리석은 질문이지만, 당신은 신의 존재를 믿나요?"

"나는 신을 믿고, 신은 당신을 믿습니다."

안타깝게도 캄보디아어를 할 줄 몰라 이 대화는 나의 자문자답이었다.

가끔 스스로를 못 믿을 때가 있다. 해본 적 없는 일, 가본 적 없는 길 앞에 서면 자꾸만 주저하며 돌아서려 한다. 다들 '넌 할 수 있어! 분명 잘해낼 거야!'라며 응원과 지지를 보내는데 정작 스스로는 고개를 수그린 채 발끝만 바라본다.

그럴 때 저 높은 데까지 물을 끌어 올리는 워싱턴야자를 올려다보면 세상 못 할 일이 뭐 있을까 싶어진다. 워싱턴야자뿐 아니라 우리에게도 간절히 바라면 깨어나는 힘, 우리 안에 숨겨둔 신의 선물, 잠재력이 잠들어 있다. 워싱턴야자가 땅속의 물을 끌어 올리듯 그 힘을 깨운다면 진정 못 할 일이 없다.

가래나무
"어제가 오늘을 키운다"

다들 그렇듯 나도 사진을 찍을 때와 찍힐 때의 자세가 영 다르다. 새 책을 펴내면 때로 신문이나 잡지 등에서 인터뷰를 한다. 기자의 질문에 답하는 일은 크게 어렵지 않은데 기사에 실을 사진이나 동영상을 찍는 일은 언제나 고역이다. "자연스럽게 웃으세요"라는 사진 기자의 말을 들으면 어째 더 표정이 굳어진다. 잡지 기자 시절, 인터뷰이에게 숱하게 했던 말이 이리 돌아오는구나 싶다.

막상 인터뷰 기사가 실린 신문이나 잡지가 발간되면 반갑기보다 두렵다. 내 얼굴이 실린 사진을 편히 마주하기가 어렵다. 웃는 건지 비웃는 건지 모르겠는 요상한 미소와 태어나 처음 취하는 듯한 어색한 자세를 보면 그저 남 같다. 그중에서도 인상이 제일 불편하다. 언제 저렇게 변했나 싶게 근심과 피로가 스민 얼굴에 절로 수심이 깊어진다.

지금과 달리 나도 20, 30대에는 사진 찍히기를 즐겼다. 주변 사람이 말릴 정도로 셀카도 많이 찍고 누가 사진 찍어준다고 하면 빼는 법 없이 흔쾌히 자세를 취했다. 회의 때나 취재 도중, 동료가 몰래 찍어준 사진 속 내 인상은 지금과 달리 편하고 자연스러웠다.

마흔이 넘으면 자기 얼굴에 책임을 져야 한다는 말이 있다. 얼굴은, 곧 인상은 지금껏 그 사람이 어떻게 살아왔는지 대변하는 삶의 궤적이 그대로 담긴다. 하니 링컨의 그 말은 한마디로 '잘 살라'는 격언일 테다.

전혀 해답이 아닌 줄 알면서도 마음에 안 드는 잡지 인터뷰 사진을 보고는 성형외과를 찾아간 적이 있다. 만 원이나 주고

3D CT까지 찍었건만 수백만 원짜리 견적을 받고는 괜히 기분만 나빠졌다. 점이라도 빼야지 싶어 들른 동네 피부과에서 의사의 권유로 보톡스와 레이저 시술을 받아봤지만, 인상은 펴지지 않고 통장만 쪼그라들 뿐이었다.

추정하건대 내 인상이 바뀐 시점은 스물아홉 무렵이다. 잠원동 옥탑방에 살며 마음껏 강남의 밤을 즐기던 시절, 신사동 가로수길을 놀이터 삼고 잠원 한강공원에서 맥주를 마시던 그때 이후다. 다니던 회사가 문을 닫아 잠시 여러 일을 받아서 하던 때, 그런 일도 드문드문해 월세를 내고 나면 생활비나 간신히 벌 때였지만 마음만은 편한 철없던 그 시절 말이다.

시간이 흐르면서 함께 회사를 나온 선후배는 하나둘 크고 안정된 회사에 취직하는데 나만 여전히 무직이었다. 처음에는 나 역시 곧 취직할 줄 알고 여전히 별 걱정 없이 지냈다. 점점 하릴없이 천장과 벽을 번갈아 보며 침대에서 뒤집기 놀이를 하는 날이 길어지면서 문득 이렇게 서른 살, 마흔 살이 되리라는 불길하고도 강력한 예감에 사로잡혔다.

한번 자리를 튼 슬픈 예감은 무한 증식하는 기생충처럼 온 마음을 장악했다. 20대의 불안함이 30, 40대에도 계속된다고 생각하니 그만큼 끔찍한 일이 없었다. 마음의 비중을 절망과 희망 둘로 나눈다면 절망이 9할쯤 되던 시기였다. 스물아홉은 정말이지 좁고 긴 터널이었고, 영영 끝날 것 같지 않던 그 길을 간신히 무릎으로 기어 나왔다.

30대 때는 정말이지 치열하게 살았다. 여차하면 절망으로 가득했던 스물아홉 시절로 돌아갈까 봐 무진 애쓰며 살았다. 작든 크든 무슨 일이든 마다하지 않았다. 덕분에 절망감은 줄었지만 이상하게 여전히 마음은 무거웠다. 하지 않은 일을 두고 미련과 후회가 깊어진 한편 나보다 더 잘나 보이는 사람과 나를 끊임없이 비교하는 습관 탓이었다.

얼마 전 도서관에서 발견한 《소년과 두더지와 여우와 말》이라는 명작에는 소년과 두더지의 멋진 대화가 등장한다.

"시간을 낭비하는 가장 쓸데없는 일이 뭐라고 생각하니?"

"자신을 다른 사람과 비교하는 일."

아마도 암담한 상황이 아니라 비뚤고 어두운 마음이 내 인상을 조금씩 변화시켰으리라.

사람의 인상처럼 나무에도 삶의 궤적이 깃든 흔적, 잎자국이 남는다. 얼마 전, 선한 인상으로 뚜렷한 잎자국을 남기는 사람을 만났다. 2015년부터 운영한 생태 책방의 폐업을 결정하고 무심히 책장을 정리하던 어느 날, 책방 유리벽 너머에서 웬 여인이 나를 보며 배시시 웃고 있었다. 그녀는 책방으로 성큼 들어서며 반갑게 인사를 건넸다. "선배, 저 기은이에요."

오래전, 아주 잠시 소셜커머스 회사에 몸담았다. 새로운 분야와 높은 연봉에 마음이 끌려 자리를 옮겼다. 내가 속한 팀에는 경력 2년 미만의 신출내기 네댓 명이 배치되었는데, 팀장으로서 내 소임은 아침마다 그들이 만든 콘텐츠를 검토하고 바로잡는 일이었다. 거기에 지사 직원 원고까지 점검하느라 아침은 늘 난리통이었다.

매번 고쳐주기만 하면 스스로 성장할 수 없으니 각자 따로 불러 어느 부분을 왜 고쳐야 하는지 알려주었다. 그럴 때마다 하나같이 죄 지은 얼굴이 되었는데 그중 기은이는 유독 삐질삐질 땀을 흘리며 난처해했다. 말수가 별로 없고 반응도 미적지근해 내 언성이 높아질 때도 많았다.

10여 년 만에 다시 만난 기은이는 그때는 솔직히 내가 밉기도 했다고 고백했다. 어느 조촐한 술자리에서 선배의 애정(?)을 확인하고 비로소 마음이 놓였다나. 지금도 때때로 기은이는 글을 쓸 때면 종종 그때의 내가 떠오른다고도 했다.

퇴사 후 고향인 강릉으로 돌아간 기은이는 아빠와 복합 문화공간 '소집'을 운영한다. 소 키우던 우사를 개조해 이름도 '소의 집'이라는 뜻이다. 전시나 공연, 알찬 강연이 줄을 잇는 공간에서 기은이는 날로 새로운 잎자국을 늘려가는 중이다.

잎자국은 잎이 달렸던 흔적을 말한다. 잎이 줄기나 가지와 연결된 자리에 남는 자국에는 물관과 체관의 흔적도 남는다. 나무의 주요 기관이 사라진 한겨울이면 잎자국만이 뚜렷이 보이기도

한다. 그해 잎이 지면 새로운 잎자국이 생기고 지난 해 잎자국은 차츰 옅어지지만 영영 사라지지는 않는다. 이처럼 나무나 사람이나 제 과거를 제 몸 어딘가에 남긴다. 다만 나무의 흔적은 해마다 다른 자리에 남고, 사람의 흔적은 한 얼굴에 차곡차곡 덧씌워진다는 점만이 다르다.

사람의 과거가 저마다 다르듯 나무마다 잎자국의 모양도 제각각이다. 그중 가래나무 잎자국은 그 모양이 염소나 낙타를 닮은 독특한 모양이다. 가래나무 말고도 사람이나 동물의 인상을 닮은 잎자국을 가진 나무도 많은데, 매일 성실히 산 나무의 흔적답게 하나같이 좋은 인상을 가졌다.

기은이의 선량한 잎자국을 보며 치열한 내 청춘이 남긴 잎자국도 찬찬히 살펴보았다. 어딘지 낯설어진 모습이지만 분명 내 잎자국에도 지난날의 열정과 노력이 깃들어 있다.

그러니 그 모두가 나의 자취라 받아들이며 다시 지금, 내일에 드러날 오늘의 선한 잎자국을 남기기로 했다.

겨우살이
"편히 기대어 살라"

지나고 보니 다 푸른 추억이지만 숲 해설가 교육을 받을 당시에는 고된 일정에 연일 헉헉거렸다. 매주 세 번씩 이론 및 현장 수업을 받으면서 동시에 궁궐 수종 조사 같은 녹록치 않은 과제물을 작성하기란 여간 힘든 일이 아니었다.

필기시험을 치르고 한숨 돌릴라치면 숲 해설과 숲 놀이 발표 같은 실기시험이 기다렸다. 마지막 과제를 제출하고 무사히 10개월의 교육 과정을 마친 일을 자축하며 큰 숨을 몰아쉬는데, 이번에는 현장 실습이 남았다는 비보가 전해졌다.

나의 실습 장소는 집에서 자동차로 왕복 세 시간 거리의 국립 광릉수목원! 휴양림이나 공원 등지에서는 미리 정한 시간에 숲 해설을 진행하는 경우가 많은데 광릉수목원은 입구에서 바로 숲 해설을 신청하기에 신청 인원수는 물론이고 신청자의 연령이나 직업도 다채로웠다.

실습생으로서 나의 임무는 즉석 요청에도 탁월하게 대응하는 숲 해설가 선생님을 보좌하는 한편, 실습 마지막 날에는 그동안 보고 배운 바를 바탕으로 직접 숲 해설을 하는 일이었다. 들뜬 마음으로 수목원으로 향하던 아침의 그 설렘은 지금껏 싱그러운 기억으로 남아 있다.

한여름 숲은 풍요로웠다. 수목원 입구의 모감주나무Golden Rain Tree는 영어 이름에 걸맞게 긴 꽃자루에 달린 노란 꽃으로 여름내 환영 인사를 건넸다. 숲 해설이 없을 때는 모감주나무뿐 아니라 국내 최대 수목원의 다종다양한 식물을 자유롭게 관찰했다. 오가는 길의 고단함도 잠시, 수목원에 들면 언제나 그 자연성과 야생성에 매료되었다.

하지만 거대한 숲은 겁도 없이 무작정 숲으로 뛰어든 도시인을 호락호락 받아주지 않았다. 실습 동기 중 한 명은 어느 숲길에서 벌에 쏘여 혼쭐이 났고, 피부가 예민한 나는 정체 모를 알레르기로 며칠간 곤혹을 치렀다.

현장 실습이 끝나갈 무렵, 여느 때처럼 수목원 산책을 하던 중 한 동기가 바닥에서 무언가 주섬주섬 주워 내게 건넸다.

"맨날 허리 아프댔지? 이거 집에 가서 끓여 먹어. 요통에 좋대."

바람개비 날개처럼 생긴 녹색 식물은 태어나 처음 보는 생명체였다. 그때 처음 겨우살이를 보았다. 풀처럼 보이지만 엄연히 나무에 속하는 겨우살이는 무척 신기한 모습이었다.

이후 다시 겨우살이를 만난 곳은 한라산이었다. 숲 해설가 자격증을 취득한 그해 겨울, 성판악 코스를 택해 걸었다. 산 초입에는 상록성의 굴거리나무가 무성하더니 어느 순간부터 낙엽성 겨울나무가 본연의 자태를 드러냈다. 잿빛 줄기와 가지를 하염

없이 올려다보는데 나무의 정상부에 매달린 녹색 공의 정체가 궁금했다. 제주에서 숲 해설가로 활동하는 동행은 내 손끝이 향하는 데를 바라보며 이리 말했다.

"올해는 겨우살이가 유독 잘 자랐네!"

우리 숲에 드문 '상록 기생관목'인 겨우살이는 다른 나무에 기대어 사는 나무다. 스스로 광합성을 할 수 있지만 기생하는 나무에게서 대부분의 물과 영양분을 얻는다. 땅에 뿌리를 내리지 않은 채 다른 나무에 붙어서 살아간다. 겨우살이의 생태가 점점 궁금해지던 때, 교육방송의 자연 다큐멘터리에서 그 생생한 일생을 지켜보았다.

'겨울 숲에서 잘 익은 겨우살이 열매를 먹은 새가 나뭇가지에 앉아 배설을 한다. 땅으로 수직 낙하하던 새의 배설물은 중간에 다른 나뭇가지에 툭 걸린다. 점액 성분이 많은 겨우살이 열매는 바람이 불자 휘휘 진자 운동을 시작하고 결국 가지나 줄기에 찰싹 달라붙는다.'

'나 혼자 산다'를 외친 지 어언 15년. 1인 가구의 삶은 자유로

운 만큼 고독의 그림자도 길다. 바깥 살림과 집안 살림을 혼자서 그리고 동시에 해결해야 하니 언제나 분주하다. 처음 독립했을 때 나는 직장을 관두고 막 프리랜서가 된 참이었는데, 프리랜서의 삶은 1인 가구의 삶과 여러모로 겹쳤다. 때때로 자유롭고 대체로 불안했다.

5년 정도 열심히 하니 업계의 신용이 쌓여 일이 조금씩 늘었다. 일도 자리를 잡고 벌이도 나아지면서 점점 홀로 사는 일에 적응해 가는데, 미처 예상치 못한 문제가 생겼다.

누군가에게 기대는 법을 잊어버린 것이다. 엄격하고 철저한 선배들에게 업무를 배우면서 '일은 완벽할 수 없으나 완벽을 기해야 한다'는 철칙을 지키려 애썼다. 업무에 문제가 생겨도 어떻게든 혼자 해결 방안을 찾으려 했고, 어딘가 아파도 혼자 끙끙 앓으며 취재 일정과 원고 마감을 지켰다. 누군가에게 기대고 싶기도 했지만 한 번 기대면 영영 그럴 것만 같아 내키지 않았다. 실은 기대는 방법조차 몰랐다.

얼마 전 오일장의 약초 가게에서 큰 포대에 담긴 겨우살이를 보았다. 반가운 마음에 그 앞에 쭈그리고 앉아 한참 바라봤다. 빌어먹고도 여전히 온전하게 푸른 모습은 처음 본 그날처럼 경탄스러웠다. 불현듯 기대어 사는 데 도가 튼 겨우살이에게 그 비법을 묻고 싶어졌다.

겨우살이는 대놓고 기생하지만 실은 나무도 서로에게 기대어 산다. 겉으로는 홀로 우뚝해 보이지만 실은 뿌리로 연결되어 서로를 돕는다. 뿌리와 곰팡이의 공생체인 균근을 매개로 하는 나무의 소통망이자 'Wood Wide Web'이라는 별명을 가진 균근망菌根網으로 도움이 필요한 나무에게 물과 양분을 전한다.

나무든 사람이든 오롯이 홀로 사는 존재는 없다. 알게 모르게 모두 기대어 산다. 아등바등 홀로 살아보겠다고 애쓰기보다 힘들 땐 그냥 편히 기대도 좋다. 서로에게 기댄 줄기(人), 한 줄기에서 갈라진 나뭇가지(人), 그 모습이 곧 나무고 사람(人) 아니던가.

나무든 사람이든 오롯이 홀로 사는 존재는 없다.
알게 모르게 모두 기대어 산다.

아등바등 홀로 살아보겠다고 애쓰기보다
힘들 땐 그냥 편히 기대도 좋다.

서로에게 기댄 줄기(人),
한 줄기에서 갈라진 나뭇가지(人),
그 모습이 곧 나무고 사람(人) 아니든가.

산수유나무

"비로소 겨울눈이 눈뜰 때"

어딘가 떠난 길에 겨울 숲을 본 적은 있어도 애써 겨울에 숲을 찾아다닌 적은 없었다. 숲 공부를 한 후로는 겨울 숲에 드는 일이 잦았다. 조별 과제를 하러 남산을 찾은 어느 날, 처음으로 멘토 선배가 동행했다. 생태 놀이 선생님으로 일한다던 선배의 자연물 이름이 개구리인지, 개나리인지는 헷갈리지만 그녀가 건넨 첫 환영 인사는 분명히 기억난다.

"겨울 숲에 온 걸 환영합니다. 저 역시 겨울에 숲을 배우기 시작했는데, 그때는 대체 이 춥고 삭막한 데서 뭐 배울 게 있나 싶었어요. (다들 뜨끔) 지나고 보니 숲 공부는 겨울에 시작하는 게 맞더라고요. 봄이나 여름에 공부를 시작하면 당장에는 따뜻하고 좋을지 몰라도 영영 겨울눈을 모르는 채 숲 공부를 마치기 십상이거든요."

남산은 예전부터 자주 찾는 숲이었다. 북촌 한옥마을에 살 때도 그랬지만 남산과 가까운 아파트로 이사 온 뒤로 더 자주 찾았다. 그래도 겨울에 든 적은 별로 없었기에 그날의 풍경은 무척 낯설었다. 다른 계절과 사뭇 다르게 몇몇 침엽수를 제외하고는 잎 한 장, 꽃 한 송이, 열매 한 알 없는 마른 나무만이 가득했다. 푸른빛이 사라진 숲은 깊은 겨울잠에 든 듯 적요했다.

공원 산책로에서 다소 벗어난 자리, 크게 자란 비술나무 아래 선 개구리 (혹은 개나리) 선배는 이 나무가 첫눈에 어때 보이는지 물었다. '큰키나무, 오래된 나무, 처음 보는 나무' 같은 평이한 답이 이어지다가 개중 눈썰미 좋은 숲 동무 몇몇이 '가지가 아래로 축 처지다가 끝부분만 다시 위로 올라간다, 줄기 가운데 막걸

리를 쏟아부은 듯 희고 긴 줄무늬가 이어진다'는 예리한 관찰 결과를 내놓았다.

그도 맞지만 선배가 원한 답은 아니었다. 다들 비술나무 가까이 다가가 유심히 관찰했지만 다른 특이점을 찾지 못했다.

"여러분이 이상한 게 아니에요. 이것은 알면 보이지만 모르면 절대 보이지 않아요. 이제 이 존재를 알고 나면 앞으로는 이것만 보일 거예요."

지시 대명사가 난무하는 문장으로 호기심을 증폭시킨 선배는 늘어진 나뭇가지 하나를 집어 올리고선 다시 한번 잘 살펴보라고 했다. 뭐가 보인다는 건지 고개를 갸우뚱하던 숲 동무들은 한 명씩 돌아가며 "아, 보인다!"를 외치기 시작했다. 어찌 못 보았을까 싶게 가지에는 선명한 빛의 돌기 같은 것이 제법 많이 붙어 있었다.

"이 혹처럼 생긴 것이 바로 우리가 오늘 관찰할 나무의 겨울눈입니다. 겨울눈은 나무의 모든 것이라고 할 수 있어요. 이 작고 동그란 겨울눈에서 잎과 꽃이 돋아나거든요."

콩알만 한 작은 겨울눈 안에 그보다 몇 곱절이나 큰 잎이나 꽃이 들어 있다는 선배의 말은 선뜻 믿기지 않았다. 내 그럴 줄 알았다는 듯 선배는 태블릿 PC를 켜 예전에 찍어둔 사진을 보여주었다. 다른 나무의 겨울눈에 비해 제법 큰 편이라 현미경이나 확대경 없이 맨눈으로 관찰하는 백목련 겨울눈, 그중에서도 떨어진 꽃눈을 주워 세로로 반을 가른 모습이었다.

겨울눈은 무엇을 품었는지에 따라 꽃눈, 잎눈, 꽃과 잎이 함께 든 혼합눈 등으로 나뉘는데, 손가락 두 마디쯤 되며 짧은 털이 촘촘한 눈껍질에 둘러싸인 백목련의 꽃눈 안에는 정말 꽃이 들어 있었다. 이불을 넣은 압축팩에서 공기를 빼듯 닫혔던 꽃눈을 여니 그 속엔 꽃잎과 꽃술이 틈 없이 빠듯이 들어차 있었다. 선배는 어느 부분이 암술과 수술이며 꽃잎인지 찬찬히 짚으며 친절히 알려주었다.

부끄럽지만 그날 처음 겨울눈을 보았다. 평야 한가운데에서 수천 그루의 나무에 둘러싸여 자랐지만 겨울눈의 존재를 내내 몰랐다. 꽃과 잎은 그저 가지를 뚫고 돋는 줄 여겼다가 뒤늦게 겨울눈의 존재를 알고 나니 정말 선배의 말대로 겨울눈만 보였다.

요즘 들어 지현이를 보면 자꾸만 겨울눈이 떠오른다. 그녀는 내가 운영한 생태 책방이자 편집 대행 회사, 산책아이의 첫 번째 직원이었다. 취재 기자로 입사한 그녀는 사무실도 겸하는 책방 일도 자주 거들었다. 여기서 잠깐 산책아이의 공간 이력을 훑어보자면 다음과 같다.

산책아이는 총 세 동네를 거쳤는데, 첫 동네는 당시 내가 사는 북촌과 가까운 창덕궁 옆 원서동이었다. 그다음은 옥수동, 종착지는 서울숲 옆 성수동이다. 그중 옥수동 시절에 책방이 세 든 자리는 삼면에 모두 창이 나 햇빛과 바람이 잘 들고 전망도 좋았다. 저 멀리 한강과 함께 금호대교의 교통 상황이 적나라하게 보여 교통 통신원을 해야 하나, 망설일 정도였다.

재개발로 달동네에서 고급 아파트 단지가 된 동네에 꼭 필요한 생태 공간이 되리라는 포부와 달리 옥수동으로 자리를 옮기면서 책방을 찾는 손님은 뜸해졌다. 도리어 편집 대행 회사 일이 늘어나면서 일손이 필요했다. 그때 지인의 추천으로 지현이를 처음 만났다. 그녀의 이력은 대강 이러했다.

사학과를 졸업하고 대학원에서 한국근대사를 전공한 후 학교 대신 현장으로 뛰어들었다. 박물관과 과거사 조사 기관 등지에서 8년간 일하면서 책을 만들기도 했다. 이왕이면 책을 제대로 만들고 싶다는 마음에 출판학교를 다녔는데 그 덕에 나와 연결되었다.

지현이는 영민하고 성실했다. 섭외와 기사 작성 방법을 대강 알려주었을 뿐인데도 숙련된 기자처럼 매끄럽게 일했다. 디자이너와 사진가, 인터뷰이까지 모두 그녀의 성실하고 다정한 모습에 칭찬이 자자했다. 하지만 전공을 살려 유물 등록 업무를 하는 박물관으로 자리를 옮기면서 2년 만에 이별을 고했다.

취직 후 결혼까지 해 이래저래 바쁠 텐데도 지현이는 퇴근 후 계약직 동료들과 정규직 시험을 준비하는 공부 모임을 만들었다. 시험도 어렵고 경쟁률도 높아 합격하기가 쉽지 않다면서도 언제나처럼 성실히 다음 시험을 준비했다.

그렇게 4년이 흘렀다. 얼마 전 자신이 속한 박물관에 정규직 자리가 났으며, 필기시험 결과 3등 안에 들어 곧 면접을 앞두었다는 지현이의 연락을 받았을 때 나는 강력한 합격 예감에 지레 들떴다. 더 유력한 후보가 있다는 말에도 "나 감 좋은 거 알지? 무조건 될 거야"라며 응원했다. 마침내 지현이는 정규직 학예연구사가 되었다. 축하 전화를 걸었을 때 합격 소식보다 놀라운, 이후 지현이를 볼 때마다 겨울눈을 떠올리게 만든 이야기를 들었다.

"당장은 아니고 앞으로 20년 후, 그러니까 정년퇴직 후에는 전통 공예 장인이 되고 싶어요. 지난해부터 문화재재단에서 운영하는 한국전통공예건축학교의 전통 자수반에 다니는데, 스승님께 우리 유산을 잘 전수받아 제대로 된 전통 자수 작품을 선보이고 싶어요."

겨울눈은 한자로 동아冬芽라고 한다. '아'는 싹을 뜻하며, 발아나 배아, 태아에도 모두 같은 한자를 쓴다. 국어사전에는 '늦어

름부터 가을 사이에 생겨 겨울을 넘기고 이듬해 봄에 자라는 싹' 이라고 나오지만, 실제 겨울눈은 봄부터도 자란다. 이름만 듣고선 겨울에 생겨나는 줄로 알기 쉽다. 나 역시 다른 계절에는 겨울눈을 못 보기도 했고, 봄에 피는 꽃을 봄꽃이라고 하듯 겨울눈은 겨울에 생기는 싹이라 여겼다.

또 한 가지 겨울눈의 큰 특징은 나무마다 그 모양이 제각각이라는 점이다. 겨울눈을 나무의 종을 구분하는 가장 정확한 기준이라고 할 정도로 모양과 크기가 제각각이다. 가령 백목련의 겨울눈 중 꽃눈은 짧고 빽빽한 털이 빼곡한 눈껍질에 싸여 있고, 꽃이나 잎이 큰 만큼 꽃눈과 잎눈 모두 큰 편이다.

팥알만 한 크기이며 겨자색을 띄는 산수유 겨울눈은 '사랑의 열매' 상징물에서 가운데 열매를 지운 모습과 닮았다. 마주난 겨울눈은 동그랗고 귀여운 '게 눈' 같기도 하고, 개구리 발가락으로 만든 V자 모양으로도 보인다. 산수유나무의 꽃눈은 백목련만큼은 아니어도 짧은 털이 빽빽한 눈껍질에 싸여 있다. 이 작은 겨울눈에서 봄마다 노란 축포 같은 꽃이 피어난다.

나무는 잎을 틔우고 꽃을 피우자마자 또다시 이듬해 피울 잎과 꽃의 싹을 키운다. 오늘을 살며 내일을 준비한다. 붉은 열매를 맺은 산수유나무에는 벌써 겨울눈이 가득하다. 이듬해 피어난 꽃은 그 속에서 조금씩 영글고 있을 테다. 그렇기에 나는 겨울눈을 '나무의 꿈'이라 부른다.

나무의 겨울눈이 이듬해가 되어서야 눈뜨듯 우리네 꿈도 하루아침에 이뤄지지 않는다. 지현이처럼 서서히, 그리고 꾸준히 자신만의 겨울눈을 키워야 한다. 설령 그 꿈이 이루어지지 않는다 한들 꿈을 간직한 삶, 꿈을 키우는 삶, 꿈을 이루려는 삶은 얼마나 아름다운가. 지금 이 글을 읽는 당신의 겨울눈에서는 무엇이 자라는지 궁금하다.

오동나무

"내가 나를 넘어선다"

책을 좋아하는 한 지인의 제안에 갑작스레 삼례책마을에 간 일이 있다. 영월책박물관이 완주군 삼례읍으로 이전하면서 형성된 그곳은 고서점과 헌책방, 책 박물관과 전시장 등을 갖춘 복합 문화 공간으로, 귀한 서적과 희귀 자료가 가득하다.

한참 책 공간을 휘돌고 건너편 목공소에서 목수가 직접 만든 거울까지 샀는데도 서울로 돌아가는 시각까지 시간이 꽤 남아 오래된 성당의 첨탑을 좇아 무작정 걷던 참에 아예 본격 동네

산책에 나섰다. 책마을에서 조금만 벗어나니 소읍의 한갓진 풍경이 펼쳐졌다. 모퉁이를 돌 적마다 도시에서 보기 힘든 공터도 눈에 띄었다.

공터에는 맥락 없이 거친 돌무더기가 쌓였거나 나무로 착각할 정도로 키가 큰 풀이 웃자라 있었다. 바람벽이 와르르 무너지고 여기저기 깨지고 뚫린 창문이 달린 빈집도 보였다. 풀이 무성한 마당 한가운데, 뒤집어진 변기와 세면대는 무슨 설치 작품 같기도 했다.

시장통으로 가는 길에도 뒷담이 폭삭 무너진 폐가가 보였다. 집은 한쪽 지붕이 다 내려앉아 머지않아 땅과 하나가 될 태세였다. 원래 형태를 가늠하기 어려울 만큼 다 무너진 집의 벽 틈에서 집보다 큰 나무 한 그루가 우뚝 솟아 있었다.

제법 먼 거리에서도 한눈에 오동나무를 알아보았다. 길이가 20센티미터쯤 돼 큰 손으로 소문난 내 손의 두 배는 족히 넘을 큰 잎을 가진 나무는 오동나무뿐이니까. 게다가 넓은 땅 다 놔두고 굳이 각박한 자리를 찾아 기필코 뿌리를 내린 후 보란 듯이 크게 자라는 점 역시 오동나무라는 확실한 증거였다.

그러한 오동나무의 특징은 내내 의문을 품게 했다. 맨 처음 의문을 품은 데는 삼청동의 정독도서관 측벽에서였다. 옛 경기고등학교 건물을 되살려 쓰는 정독도서관은 운동장 자리를 앞뜰로 쓴다. 그 넓은 터 다 놔두고 오동나무는 왜 굳이 경사가 수직에 가까운 측벽의 갈라진 틈, 애초에는 없었다가 세월이 흐르면서 생긴 작은 틈에서 움텄을까.

오동나무는 속성수다. 하룻밤에 몇 미터씩 자란다는 칡만은 못해도 두세 해만 돼도 웬만한 성인 키만큼 자란다. 보통 빨리 자라는 나무는 가로수로 많이 심는데 오동나무는 한 가지 요건을 갖추지 못해 길가에 잘 심지 않는다. 양버즘나무나 은행나무는 빨리 자라면서도 줄기가 튼튼한 데 비해 오동나무는 속이 야물지 못하다.

언젠가 여의도공원에서 잘린 오동나무 가지를 보았는데 가지 중간에 구멍이 뻥 뚫린 게 아닌가. 옛날에 아들이 태어나면 마당에 잣나무를, 딸이 태어나면 오동나무를 심었다고 한다. 평생 그 집에서 살아갈 아들은 후에 잣나무를 베어 관을 짜주고, 스무 해쯤 지나 결혼할 딸에게는 오동나무로 가구를 만들어 주기 위해서였다.

막상 나무젓가락이나 만들면 알맞도록 속 빈 오동나무를 보자 도대체 이 나무로 어떻게 장롱을 짜주었다는 건지 믿기지 않았다. 게다가 가야금과 거문고의 재료가 오동나무라는, 음악 시험에 자주 나와 달달 외웠던 그 사실 또한 믿기지 않았다.

삼청동과 여의도에서 품었던 의문을 다시 떠오르게 한 동네는 성수동이었다. 서울숲 옆에 책방을 열고 한국방송통신대학교 농학과 3학년으로 편입한 때, 마침 뚝섬역 옆에 방통대 서울캠퍼스가 있어 교재를 구하러, 혹은 도서실에서 자료를 대출하거나 출석 수업에 참여하려 자주 드나들었다.

오래전부터 인쇄소나 철공소, 자동차 수리 업체 등이 많았던 성수동에는 지금도 골목마다 작은 공장이 남아 있다. 단골 카페 근처에도 붉은 철문을 단 철공소가 성업 중이었다. 세월의 더께가 잘 내려앉은 모습을 사진에 담으려 철공소 가까이 다가간 날이었다.

철문 양옆에 사이좋게 자란 풀 두 포기가 눈에 띄었다. 이렇게 생긴 풀이 뭐였더라 기억을 헤집으며 잎을 매만지던 순간 알아챘다. 여봐란듯이 커다란 잎을 가진 그 식물은 바로 올해 싹 튼 오동나무였다. 제법 큰 오동나무만 봐온 터라 막 움튼 모습은 다소 낯설었지만, 갈라진 아스팔트 틈을 비집고 자란 모습이 영락없는 오동나무였다.

철공소 건너편 적벽돌 건물에도 한 가닥 푸른 머리카락처럼 오동나무가 돋아 있었다. 어딘가 이들의 부모 격인 큰 오동나무가 살겠거니 싶어 며칠간 그 일대를 살펴보았다. 등잔 밑이 어둡다더니 바로 방통대 캠퍼스 뒤편에 3층 건물 높이만큼 자란 큰 오동나무가 살았다.

이후로 성수동 골목 곳곳에서 어린 오동나무를 마주했다. 골목은 물론이고 뚝섬역 기둥 아래, 양쪽으로 수천 혹은 수만 대의 차가 오가는 도로 한가운데에서도 움트다니! 서울 지하철의 2호선 일부 구간은 지상으로 달려 고가도로가 이어지는데 뚝섬역도 그중 하나다. 오동나무는 중앙선 역할을 하는 지하철역 기둥과 역사 아래 도로가 만나는 지점, 그 좁은 틈을 비집고 자라났다. 어쩌다 한 그루도 아니고 일정한 간격으로 이어지는 기둥 아래마다 싹 튼 어린 오동나무의 모습은 어딘지 아슬하기도, 어쩐지 기특하기도 했다.

한남역 근처에서도 제법 자란 오동나무를 본 적이 있다. 강변북로와 역사가 접한 좁은 틈바구니에서 움튼 오동나무는 차량이 지나갈 때마다 온 줄기를 흔들어 댔다. 마라톤 선수를 응원하는 손길처럼 줄기째 나부끼는 오동나무는 애잔하도록 천진한 모습이었다.

이후로도 종종 벽이나 바닥 틈, 돌 틈이나 바위틈을 비집고 돋은 어린 오동나무, 건물과 건물 사이 좁은 땅에서 크게 자란 오동나무를 마주했다. 그때마다 사진으로 찍다 보니 '오동나무' 사진첩을 따로 만들어야 할 정도였다. 오동나무가 부득불 작은

상자에 들어가려는 대형견처럼 크게 자라는 제 본성을 무시하고 기어코 좁은 자리를 택해 움트는 이유는 무엇일까.

여러 자료를 찾아보니 악기나 가구를 만드는 오동나무는 그 조직이 치밀해야 하므로 바위틈에서 자란 석상오동石上梧桐을 최고로 친다고 한다. 그늘을 견디며 자라난 단풍나무처럼 비좁은 자리에서 살아가는 오동나무는 너른 자리에서 자란 나무보다 느리게 자라 조직이 단단해지기 때문이다.

수년간 관찰한 결과, 오동나무가 굳이 각박한 자리를 골라 움트는 이유에 대한 나의 가설은 이러하다. 오동나무는 자신의 타고난 바, 그중에서도 취약한 점을 보완할 자리, 곧 느리게 자랄 곳을 특유의 감각으로 찾아낸다. 요컨대 본성을 극복하려는 본성으로 쉬이 쓰러지지 않는 견고한 일생을 지향한다.

그런 점 때문에 내게 오동나무는 각별하다. 우리는 때로 다른 누군가를 넘어서려 애쓰지만, 가장 넘어서기 힘든 존재는 바로 자신이다. 자신의 타고난 바를 잘 알기에 스스로에게 익숙하고 관대해져 문제 상황이 생기면 합리화를 하면서 자기 반성을 멀리한다.

오동나무는 스스로의 한계, 또는 타고난 약점을 직시하고 극복하려 애쓴다. 그 어떤 식물도 자라지 않는 자리를 택해 스스로를 담금질하며 크고 단단한 나무로 자란다. 끝내 극기克己를 이루었음을 온 사방에 씨앗을 흩날리며 고한다. 하지만 이 모두가 나의 예측일 뿐, 오동나무가 왜 힘겨운 자리를 골라 사는지에 대해 밝혀진 바는 아무것도 없다.

지금껏 숲에서 수없이 배우고 깨우쳤지만 '나는 아직 자연의 0.00001퍼센트도 모른다'고 자부한다. '자연은 제대로 아는 일만큼 얼마나 넓고 깊이 느끼는지도 중요한 일'이라 읊조리며 숲에서 발견한 무언가를 오늘도 다듬고 매만진다. 그 덕에 나날이 아주 조금씩 나아진다.

대지에
숨통을
틔우는

—

봄

회화나무
"고목도 새순을 틔운다"

기자로 월급을 받은 마지막 일터는 여행 잡지를 만드는 곳이었다. 당시 편집장에게 수석 기자 제안을 받고 출근 날짜를 정한 다음 바로 사무실과 가까운 북촌 한옥마을에 집을 얻었다. 여행 기자가 되리라던 소망과 한옥에 살아보리라던 꿈을 동시에 이룬 기쁨에 한동안 들뜬 나날을 보냈다. 이웃과 담이 붙은 작은 집이지만 떡하니 기와를 얹은 한옥에서의 첫 밤은 눈을 뜨고도 꿈속 같았다.

출퇴근 시간, 지옥철에서 이리저리 떠밀리는 대신 푸른 공중을 인 사대문 안을 느긋이 뒷짐 지고 걸으니 어렴풋이 전생의 한 대목이 떠오르기도 했다. 회사에서 집까지는 보통 걸음으로 20분이면 되는데 애써 이 골목 저 골목으로 둘러 다니느라 한 시간은 족히 걸렸다.

봄과 여름, 가을까지 세 계절을 보내니 마을의 속내가 보이기 시작했다. 이마에 닿을 듯 낮은 한옥 지붕이 마주한 소로, 능소화와 담쟁이가 어우러진 돌담, 계절 따라 다른 꽃이 피는 뜰을 발견했다. 가회동을 기점으로 매일같이 종로 일대를 휘휘 걸었다. 그러다 과거 궁궐과 반가가 자리한 덕인지 사대문 안의 큰길가에는 홀로 우뚝한 나무, 오래된 큰키나무가 많다는 사실을 알았다.

대개 보호수로 지정된 큰 나무 아래에는 나무의 학명과 높이, 추정 나이 등의 기본 정보를 담은 작은 알림판이 세워져 있었다. 백 년은 청년 축에나 낄 만큼 대부분이 4~5백 년 된 나무였다. 멍하니 걷다가 어딘가 신령한 기운에 고개를 들어보면 백이면 백, 큰키나무의 너른 그늘 아래였다.

그중에서도 유독 눈길을 끄는 나무가 있었다. 회사 건물 뒤편, 제법 너른 터에 사는 4백 년 된 회화나무는 '높이 20미터, 둘레 3미터'라는 알림판 정보가 참인지 높이가 바로 옆 5층 건물만 했다. 서쪽을 제외하고 온통 건물에 둘러싸인 나무는 더는 제 자리를 침범하지 말라는 듯 막힌 벽을 향해 힘껏 가지를 뻗쳤다. 굵직이 뒤틀린 줄기와 방향을 바꾸어 가며 툭툭 꺾이는 가지와 세로로 갈피갈피 갈라진 껍질 때문인지 나무의 용트림은 무척이나 절박해 보였다.

여행 기사 취재는 예상보다 즐거웠다. 당일치기로 전주나 강릉에 다녀오는 일도 기꺼웠고, 고향 부산까지 가서 밀면 한 그릇 못 먹고 와도 아쉽지 않았다. 한 고장의 문화와 역사, 인물과 명소를 소개하는 일은 독자도 독자지만 일단 나부터 신명 났다.

태백산맥의 능선을 따르는 경부선 열차에서는 한반도의 심장 박동을 느꼈고, 전라선 열차에서는 망망한 지평선 따라 마음에 바른 선분을 그었다. 이름난 소설가, 시인, 영화감독, 배우와 동행이 되어 여수 밤바다와 한낮 정동진과 젖은 채석강을 걸었다. 매일의 업무가 되어도 여행은 마냥 기쁜 일이었다.

하지만 바람과 달리 기쁨은 그리 오래가지 못했다. 매사 큰 갈피를 잡아주던 편집장이 급작스레 회사를 그만두면서 그 대행을 한 일이 변곡점이 되었다. 한꺼번에 큰 역할과 책임을 떠안았지만 대행의 자격으로는 작은 사안조차 쉽사리 결정하기 어려웠다. 몇 달 뒤 새 편집장이 왔을 때는 이미 지칠 대로 지친 상태였다. 선배들의 예언대로, 근무지의 절반이 여행지라는 즐거움이 아무리 크다 한들 역시나 조직 생활의 피로를 상쇄시키지는 못했다.

언젠가부터 취재를 하며 천지사방을 떠돌 때는 괜찮다가 사무실에만 들어서면 숨이 턱턱 막혔다. 그럴 때면 잠시나마 숨통을 트러 바람길 따라 배회하다 결국 회화나무를 찾아갔다.

신기하게도 내 마음자리에 따라 나무는 다르게 숨 쉬었다. 마감이 턱밑까지 차올랐는데도 기사 한 줄 써지지 않을 때는 나무 또한 숨통이 죄는 듯 가쁜 숨을 쉬었고, 긴 마감이 끝난 새벽녘

귀갓길에는 나무도 한시름 내려놓은 양 깊은숨을 몰아쉬었다.

그해 겨울이 유독 혹독해서인지 이듬해 봄은 더 따스하게 느껴졌다. 어김없이 골목의 메마른 틈마다 싹이 돋았다. 목련꽃이 지자 벚꽃이 흐드러졌다. 제비꽃이 열매를 터트리자 뽀리뱅이가 꽃대를 키웠다. 시절이 그러한데도 회화나무에는 잎조차 돋지 않았다. 한봄이 되어서도 겨우내 모습 그대로였다.

회화나무의 추정 나이는 4백 년. 그렇다면 조선 선조 혹은 광해군 재위 시절에 움터 대한제국과 일제강점기를 거쳐 대한민국 정부가 수립되고도 반백 년 넘게 산 셈이다. 그리 헤아리니 나무가 언제 숨을 다한다 해도 이상할 일은 아니었지만, 힘든 시절을 함께한 동지를 잃은 듯 못내 아쉬웠다.

회화나무 앞을 지나던 늦봄, 잿빛 가지 끝에 푸릇한 무언가가 보였다. '설마 새잎?'인가 했더니 '정녕 새잎'이었다. 아로록다로록 돋아난 새잎은 행여 물러질까 만질 엄두도 안 나게 보드라운 빛이었다. 아까시나무처럼 잎자루 양쪽에 작은잎이 열을 지어

나는 겹잎이 유독 앙증맞았다. 새잎은 사나흘 봄볕에도 쑥쑥 자라 금세 온 나무가 세모시 옥색치마에 휘감긴 듯했다.

그 푸른 절경을 바라보다가 '해묵은 나무도 새잎을 틔우는구나' 깨달았다. 오래된 나무의 잎은 새잎이라도 묵은잎처럼 버석할 줄 알았다. 모든 나무가 봄이면 연푸른 새잎을 틔운다는 당연한 사실조차 마주하고서야 깨닫는 어리석음에 고개를 툭 떨구었다.

나무의 새잎을 우러른 그때, 나는 망설이던 퇴사를 결심했다. 회사에서는 새 편집장과 발맞추어 더 나은 잡지를 만드는 일, 아예 다른 잡지를 만드는 일 중 택하기를 바랐지만 모두 내키지 않았다. 회사를 옮겨볼까 싶기도 했지만 그보다 더는 조직 생활을 하고 싶지 않은 마음이 컸다. 직장이라는 울타리가 주는 안정감보다 불안할지라도 울타리 밖 자유가 간절했다.

진정 홀로 설 의지와 능력이 있는지 자문하며 첫발 내딛기를 주저하던 그때, 회화나무는 푸릇한 새

잎으로 힘찬 기운을 실어주었다. 무언가 새로 시작할 힘이 진즉 소진된 줄 알았건만 오래된 나무는 '모든 생명은 새날을 살아갈 새 힘을 가졌다'고 나직이 속삭였다.

내 인생의 조직 생활 1부는 그렇게 끝이 났다. 하나의 문이 닫히자 그동안 보이지 않던 새 문이 열렸다. 아무 속셈 없이 숲 공부를 시작했고, 단행본 집필 제의를 받아 잇달아 두 권의 책을 썼다. 연이어 편집 대행 회사를 차려 세 권의 잡지를 이끄는 편집장이 되었다. 이후 혹독한 시련이 올 때면 그 회화나무를 떠올리며 꿋꿋이 살아가는 중이다.

올해 나는 무사히 마흔다섯 번째 봄을 맞았다. 여전히 무언가 시작하기 두려울 때면 그해 봄, 4백 번째 봄을 맞은 회화나무의 속삭임을 떠올린다.

'첫발을 내딛는 그 순간이 봄이니, 그 봄마다 너 또한 새잎을 틔우리니.'

귀룽나무
"가장 연한 빛이 가장 밝다"

지난해 7년간 꾸려온 편집 대행 회사는 시류를 외면한 탓에, 회사와 함께 운영한 생태 책방은 코로나 직격탄에 그야말로 와르르 무너졌다. 어제까지도 나름 CEO였는데 하루아침에 백수가 되었다. 언젠가 이런 날이 오리라고 예상은 했지만, 막상 그날이 오늘이 되고 보니 시상식에 처음 참석한 신인상 수상자처럼 그저 얼떨떨했다. 예상은 진짜 상은 아니어서 기쁘거나 고맙지는 않았다.

남의 회사를 관둘 때와 달리 직접 차린 회사를 정리하는 데는

뒷손이 많이 갔다. 각종 세금과 퇴직금 정산을 끝낸 후 재고로 남은 책을 헐값에 처분하고서 정든 책방 자리를 내놓았다. 다 털어내면 후련할 줄 알았는데 때로 숨이 꽉 막혔다. 범종 안에 갇힌 듯 한낮에도 천지가 칠흑 같아졌다가 밑도 끝도 없이 속에서 천불이 났다.

두어 달 만에 회사를 얼추 정리하고는 한동안 그 어떤 경제 활동도 하지 않았다. 집합 금지 명령에 예정된 강연이 줄줄이 취소된 참에 칼럼이나 인터뷰 제안도 다음을 기약했다. 아무런 일이 없으니 어떤 의미에서 무사無事하다 할 수 있었으나 통장 또한 그러하다는 게 문제였다.

입금 내역이 없는 날이 길어지면서 불안감과 우울감이 슬금슬금 꼬리를 쳐댔다. 직장인이라면 퇴직금이라도 받았을 테지만 회사 운영을 중단한 개인 사업자이자 국가 경제, 아니 최소한 지역 경제에 이바지한 성실 납세자에게 사회는 무자비했다.

순수익과는 엄연히 다른 직전 해 매출을 기준으로 책정한다는 건강 보험료에 헉헉거리다 '어떻게 감액받을 방법이 없을지

요' 읍소하며 전화통을 붙들어 봤자 울화통만 터졌다. '국민의 건강을 생각한다(국민건강보험공단의 전화 대기 안내문의 일부)' 면서 이렇게 시민의 불건강에 이바지할 수 있냐고 힘없이 외치고 돌아서면, 올해 종합소득세도 만만치 않게 나오리라는 세무사의 문자메시지가 도착해 있었다. '부자가 망해도 3년은 가고 회사가 망해도 1년은 (돈 나) 간다'는 속담이 실감 났다.

그러던 중 자비로운 알고리즘의 안내로 30, 40대에 스스로 은퇴를 결정한 파이어족 인터뷰 동영상에 눈길이 닿았다. 그들도 속에 천불이 나는가 했는데, 파이어FIRE, Financial Independence Retire Early 족은 영어 뜻 그대로 경제 독립을 바탕으로 조기 은퇴를 선언한 이들이었다.

빌딩을 매입해 임대료를 받거나 주식 투자로 배당금을 받는 등 퇴사 전 안정된 수익원을 마련했다는 그들의 미소에는 미래에 대한 두려움보다 설렘이 짙었다. 회사의 테두리 밖에서도 여유로이 살길을 미리 다져놓은 덕에 불안에 영혼이 잠식된 나와 달리 그들의 얼굴에는 그늘이 보이지 않았다.

'살다보면 살아진다'가 그냥 하는 말이 아니라는 사실을 절감한 마흔 중반인지라 실은 나도 내일이 그닥 두렵지는 않다. 하지만 서른 중반, 마지막 직장을 그만두었을 때는 사정이 달랐다. 지금의 파이어족과 달리 안정된 수익원을 마련하지 못한 그때의 나는 대차게 사표를 던질 때와 달리 퇴사 후, 툭하면 공벌레처럼 움츠러들었다.

기획안을 낚아채거나 기사를 베껴 쓰고도 고개를 쳐들던 선배, 야근 택시비는 줄 수 없지만 막차를 타서도 안 된다던 팀장, "까라면 까"라고 말하던 국장에게 "제 기획이고 제 기사니까 사과하세요"라고 더 높이 고개를 쳐들던 후배, 아무리 원고 개수를 늘려도 그날치 마감을 하고 막차 타러 달려 나가던 팀원, 왜 까야 하는지와 꼭 그런 방식으로 까야 하는지 되묻던 수석 기자로 맞서던 시절이 그립기까지 했다.

하지만 알량한 자부심은 당장의 밥이 되지 못했다. 영 당하고만 살지 않은 덕에 앞길을 터주겠다는 선배는 없고, 없는 살림에 빌붙는 후배만 늘었다. 그렇다고 이제 와 새삼 조아리고 싶지도 않았다. “정 안되면 굶어 죽지, 뭐!” 큰소리쳤지만 저녁 한 끼 못 거르는 식욕이 원망스러웠다. 퇴직금은 진작 거덜 나고 손 내밀 데도 마땅치 않자 별별 생각이 다 들었다.

오만 근심에 짓눌릴 때면 그저 정처 없이 걸었다. 가회동 집을 나와 삼청공원 위 말바위쉼터를 지나 부암동으로 휘돌거나 재동과 낙원동, 익선동을 거쳐 남쪽을 향해 걸었다. 청운동, 누하동, 통인동을 품은 서촌을 구석구석 헤집고, 창덕궁을 가로질러 창경궁, 대학로까지 내리 걷는 날도 많았다.

그 옛날 한양의 동서남북을 지키던 낙산과 인왕산, 남산과 북악산은 21세기 서울의 한 백성을 그리 또 지켜주었다. 나날이 숲과 산을 걷다 문득 나무를 배워야겠다는 마음이 들었으니 그 시간이 영 덧없지만은 않았다.

숲 해설가 교육 과정의 존재를 알고 당장 배우러 갔다. 숲 공부는 지금껏 해온 어떤 공부와도 달랐다. 그저 숲을 알려고 했을 뿐인데 그것만으로도 이미 온몸에 엽록체가 생겨난 듯 푸르러졌다. 그 생생한 기운이 좋아 눈만 뜨면 숲으로 달려갔다.

집에서 가까운 삼청공원은 나만의 자연 학습장이었는데, 특히 수로를 따라 귀룽나무가 죽 늘어선 긴 길을 좋아했다. 졸졸졸 물 흐르는 소리를 들으며 가지를 축 늘어뜨린 귀룽나무 아래를 걸으면 무릉도원의 한가운데로 들어가는 기분이었다.

그렇게 매일같이 드나들다가 지독한 봄 감기에 한 열흘 숲에 들지 못했다. 여전히 겨울 기운이 자욱한 이른 봄, 모처럼 찾은 숲에는 개나리꽃이 한창이었다. 길가의 그 많은 개나리는 잠잠하던데 여기는 어쩐 일인가 싶었다. 의아함은 금세 놀라움으로 바뀌었다.

노란빛은 개나리가 아닌 귀룽나무에서 뿜어져 나왔다. 이제 막 돋아난 새잎은 가까이서 보면 연둣빛이지만 멀찍이서 보면 아침 햇살을 받아 노랗게 발광했다. 숲 공부를 하면서 여러 선생님에게 봄 숲에서 가장 먼저 잎을 틔우는 나무가 귀룽나무라는 이야기를 익히 들었건만 그 광경이 그토록 감동을 안길 줄은 몰랐다.

손톱만큼 작고 여린 잎이지만 온 숲을 밝히는 기운만은 강렬하고 거룩했다. 중학교 시절, 국어 교과서에 실린 〈신록예찬〉이라는 수필을 읽을 때는 심드렁했는데 '신록은 진정 찬양할 만하구나' 하고 뒤늦게 작가의 심정에 공감할 정도였다.

그 봄, 귀룽나무의 밝은 새잎을 마주하자 내 속에서도 어떤 기운이 꿈틀거렸다. 겨우내 움츠린 새싹이 봄 햇살에 깨어나듯 견고한 마음 밭에서도 무언가 돋아났다. 뽐낼 만한 비기도, 마구비빌 언덕도 없다는 생각에 한없이 작아지던 내게, 여전히 겨울숲 같은 봄 숲에서 오롯이 새잎을 틔운 귀룽나무는 연함이 곧 약함은 아님을 알게 했다.

회화나무의 새잎이 첫발을 디딜 용기를 주었다면, 그렇게 귀룽나무 새잎은 그다음 걸음을 든든히 받치는 힘이 되었다. 귀룽나무는 살랑한 가지로 '아무 가진 것이 없기에 더 온전할 수 있다'며 웅크린 내 등을 고이 쓸어주었다.

단풍나무
"그늘에도 빛은 스민다"

1999년, 20세기가 익숙한 인류는 불안한 세기 말을 벗어나 새로운 세기가 열린다는 사실에 몹시 흥분했다. 그리고 엄청난 행운이라도 몰려올 듯 잔뜩 기대에 찬 채 21세기를 환영했다. 하지만 그토록 기다리던 스물의 첫날도 열아홉의 마지막 날과 별다르지 않듯 2000년 1월 1일은 그저 평범한 토요일일 뿐이었다.

오히려 대한민국을 보다 흥분시킨 일은 그로부터 2년 후 벌어졌다. 1986년 이후 매회 본선에 들긴 했지만 '월드컵 4강 진출'이라는 예상 못 한 새 역사에 온 나라가 후끈 달아올랐다. 막 서울살이를 시작한 나도 차량 통행을 막은 시청광장과 강남대로에서 수만 인파에 끼여 목이 터져라 "대한민국! (짝짝짝 짝짝)"을 외쳤다.

같은 세기 안에 그만큼 온 나라가 환호할 일이 없으리라는 예상은 보기 좋게 빗나갔다. 2010년, 또 다른 열풍에 온 나라가 들썩였다. 바람의 발원지는 제주였다. 너도 나도 거주지와 일터를 바다 건너 제주로 옮겨 '제주 이민'이라는 말이 나돌고 관련 주제의 책도 잇달아 출간되었다.

'사람은 서울로 보내고, 말은 제주로 보내라'는 옛말은 어느새 빈말이 되었다. 그 무렵, 우연한 계기로 《제주에서 행복해졌다》라는 제목의 여행서를 내면서 나 역시 제주를 자주 오갔다. 처음에는 두 발로 다니다가 그다음에는 버스, 오토바이, 렌터카를 타고 제주를 쏘다녔다.

자유롭게 제주를 떠돌던 어느 봄날, 평대리에서 하룻밤 묵었다가 아침나절 숙소 주인장의 추천으로 가까운 숲에 갔다. 비자림, 비자림 이름은 많이 들어봤지만 가본 적 없던 숲이었다. 무려 3천여 그루의 비자나무가 모여 산다는 설명에 얼마나 큰 숲일지 기꺼운 상상을 했다.

비자림은 세계에서 가장 큰 단순림(한 가지 종으로만 이루어진 숲)으로 숲 전체가 천연기념물로 지정된 곳이다. 신령한 숲답게 제주에서 가장 오래된 나무이자 비자림에서 가장 큰 나무도 그 숲에 산다. 2000년 1월 1일, 밀레니엄을 기념해 새천년 나무로 지정되었다는 그 나무는 정녕 정령이 깃든 듯 신비로운 자태였다.

1189년(고려 명종 19년)에 태어나 생애가 무려 8백 년이 넘는 나무 앞에 서니 그 20분지 1도 못 산 인간은 한없이 작아졌다. 주변에 다른 나무도 하나같이 어마어마했다. 연신 카메라 셔터를 눌러도 나무의 위용을 담을 수 없어 아쉬워할 적에 문득 큰 비자나무와 나란히 선 다른 종의 나무가 보였다.

온통 비자나무의 바늘잎뿐인 숲에서 손가락 모양의 잎을 가진 단풍나무는 확실히 눈에 띄었다. 이 숲에 사는 비자나무의 평균 수령은 4백 년이고, 우리나라 최고령 단풍나무(내장산 백련암 단풍나무)는 수령이 3백 년쯤 된다. 단풍나무가 비자나무보다 늦게 싹 텄다면 저토록 크게 자라기 어려웠을 텐데 도대체 어찌 된 일일까?

큰 의문을 품은 채 숲을 나오는데 아까는 미처 못 본 단풍나무가 여러 그루 보였다. 비자나무 그늘 아래에서 꿋꿋이 살아가는 단풍나무의 모습은 봐도 봐도 낯설었다. 그리 해놓고는 숲을 나오자마자 깡그리 잊었다가 그로부터 꽤 시간이 흐른 후, 수목생리학을 배우면서 비자림의 단풍나무가 그토록 자랄 수 있었던 이유를 알았다.

구분 기준에 따라 나무는 다양하게 나뉜다. 가령 침엽수와 활엽수의 구분 기준은 씨방 구조다. 흔히 생각하는 잎 모양이 기준이라면 은행나무는 활엽수에 속해야 한다. 침엽수는 씨방 없이 밑씨가 드러나는 겉씨식물이고 활엽수는 밑씨가 씨방에 든 속씨식물이다.

나무를 구분하는 또 다른 기준으로 그늘을 견디는 성질(내음성耐陰性)이 있다. 모든 식물은 일정 이상의 빛(이산화탄소 흡수량과 산소 배출량이 동일할 때의 빛)이 있어야 생장하는데 내음성이 강한 식물은 그 이하의 빛에서도 살아간다. 이처럼 그늘을 견디는 나무를 음수, 못 견디는 나무를 양수, 그 가운데쯤에 속하는 나무를 중성수라 한다.

단풍나무는 음수에 속한다. 음수라고 해서 그늘을 좋아하는 건 아니다. 음수도 빛을 좋아하고, 빛이 적당하면 더 잘 자란다. 다만 그늘을 '견딜' 뿐이다. 빛 잘 드는 자리에서 자란 단풍나무에 비해 그늘에서 자란 단풍나무는 나이테 간격이 보다 좁다. 햇빛이 부족하면 그만큼 생장 속도가 느려지기 때문이며, 햇빛을 잘 받으면 다시 나이테 간격이 넓어진다.

이처럼 그늘을 견디는 단풍나무의 모습은 우리네 삶과도 잇닿는다. 나에게도 그늘을 견뎌야 했던 시절이 있었다. 스물다섯, 부산에서 서울로 와 처음으로 구한 집은 간신히 반지하를 면한 1층이었다. 삼면이 창문 하나 없는 벽으로 막혀 휴대 전화 신호조차 잘 잡히지 않아 이동통신사에서 따로 안테나를 달아줄 정도로 막막한 집이었다.

현관 앞 부엌에만 간신히 빛이 들기에 부엌문을 닫으면 방은 한낮에도 칠흑이었다. 그 안에 오래 있으면 미래까지 암담하게 느껴졌다. 벌이도 없던 시절, 그 어두운 방에 딸린 더 검은 골방에서 내내 글을 썼다. 기자와 작가로 사는 내내 어둠을 버틴 그 시간 덕에 글밥을 먹고산다는 생각을 자주했다.

그처럼 살다 보면 원치 않은 그늘이 드리울 때가 있다. 누구나 그늘을 좋아할 수는 없지만 견딜 수는 있다. 불행 중 다행으로 그늘은 내력을 키운다. 끝끝내 그늘을 견디면 마음의 근력이 치밀해져 어지간한 외력에는 휘청이지 않는다.

그런 이유로 나는 봄 하면 개나리보다 단풍나무가 먼저 떠오른다. 차디찬 겨울이 지났건만 여전히 그늘뿐인 숱한 봄을 견디며 어느새 제게 그늘을 드리우던 비자나무만큼 커버린 단풍나무가.

살다 보면 원치 않은 그늘이 드리울 때가 있다.
누구나 그늘을 좋아할 수는 없지만 견딜 수는 있다.
불행 중 다행으로 그늘은 내력을 키운다.
끝끝내 그늘을 견디면 마음의 근력이 치밀해져
어지간한 외력에는 휘청이지 않는다.

이팝나무

"꽃 피는 소리, 들리나요"

몇 권의 책을 낸 후 여러 기업과 학교, 도서관과 미술관 등지에서 종종 글짓기 강연을 한다. 강연 후에는 대개 질의응답 시간을 갖는데 그때마다 참가자가 가장 많이 하는 질문은 다음 세 가지다.

'어떻게 하면 글을 잘 쓰나요', '숲 해설가가 되려면 뭘 배워야 하나요.' 이 두 질문은 시간이 걸려도 성실히 답하는 편이다. 왜 글을 잘 쓰고 싶은지, 또는 왜 숲 해설가가 되고 싶은지, 그를 위해 어떤 노력을 하는지 등을 되묻고 다시 답을 듣는 통에 이야기는 한없이 길어지기도 한다.

대망의 세 번째 질문은 작가 사인을 청하면서 슬며시 물어오는 경우가 많다. "세이가 본명이에요?" 처음에는 웃으며 아니라고 답했다. 그랬더니 "그럼 본명은 뭐예요? 왜 필명을 써요? 세이는 무슨 뜻이에요?" 등의 질문이 이어졌다. 이후로 그냥 세이가 본명이라고 답한다.

이 자리를 빌려 세이라는 필명을 지은 연유와 그 이름의 뜻을 밝히고자 한다. 2001년 입사한 첫 잡지사에서는 기사 상단에 기자 이름 대신 영어 아이디를 썼다. 밀레니엄 초기에는 그게 유행이었다. 한 번도 본명 외에 다른 이름을 공상한 적이 없기에 다소 막막했다. 아멜리에(프랑스 영화 주인공 이름)나 세라피나(세례명)를 후보에 올렸으나 어쩐지 어색했다.

이름 두 글자를 다 바꾸기가 영 그래서 첫 자는 그냥 두고 돌림자인 영(0) 대신 일(1)부터 구(9)까지 바꿔 넣어보았다. 그렇게 탄생한 이름이 '세이(2)'다. 내친 김에 한자와 영어 이름도 지었다. '세상을 듣고世耳 세상을 말하다Say'라는 해설까지 덧붙이니 기자라는 직업에도 제법 어울렸다. 이후 내내 세이라는 필명으로 살았다.

어느 날, 실제 '세이'라는 우리말이나 한자어가 있나 싶어 사전을 찾아봤다. 맨 처음 나온 '형이나 언니의 경상도 사투리'라는 설명에는 푸하하 웃었다. 부산에서 실제로 자주 쓰는 말이긴 하다. 그 아래 귀를 씻는다는 뜻의 세이洗耳라는 단어가 나왔다. 샤워할 때 귀 닦는 행위인가 했는데 영화 〈사도〉에서 영조가 하는 양을 보고 조금 다른 의미임을 알았다.

영화 중반부 "경종대왕을 독살한 당신이 어찌 왕이란 말이오, 당신같이 천한 무수리 자식이 어찌 숙종대왕의 아들이란 말이오"라는 말을 들은 영조는 처소로 돌아와 오늘도 차마 듣지 못할 말을 너무 많이 들었다며 대야의 물로 두 귀를 씻는다. 그런다고 기억이 사라지지도 않을진대 억세게도 귀를 닦는다. 그 장면을 보고선 세이는 순진한 주술, 허망한 의식인가 했다.

뒤늦게 어느 한시에서 세이의 참뜻을 알았다. 시의 첫 장 "세이불문진세사 잔원지유소계성洗耳不聞塵世事 潺湲只有小溪聲"은 중국의

태평시대를 연 요왕에게 높은 관직을 제안받은 소부가 더러운 말을 들었다며 귀를 씻는 내용으로, 보다 자세히는 '시냇물에 귀를 씻으니 세상의 티끌 같은 소리 들리지 않고 시냇물 소리만 가득하다'는 뜻이다. 그러니 세이의 참뜻은 귀를 닦아 싫은 소리를 씻어내기보다 '다른 좋은 소리로 지친 귀를 채우기'가 온당하겠다.

지금은 이목구비가 혹사당하는 시절이다. 듣고 보고 맛보고 맡을 대상이 점점 늘면서 피로가 가실 날이 없다. 나만 해도 안구 건조, 잇몸 질환, 알레르기성 비염에 시달린다. 다행히 귀만은 멀쩡했는데 언제부턴가 점점 작은 소음에도 예민하게 반응한다. 폭풍우가 몰아쳐도 숙면을 취할 정도로 잠귀가 어두웠는데 요즘은 가는 빗소리에도 잠을 깬다.

주말에 늘어지게 낮잠 한숨 자는데 죽일 듯이 부부 싸움하는 소리, 주차와 층간 소음을 이유로 이웃끼리 삿대질하며 다투는 소리, 경비 아저씨와 배달 기사가 오토바이 세울 자리를 두고 실랑이하는 소리에 잠을 깰 때면 모든 벽을 방음벽으로 교체하고 싶은 마음이 간절해진다. 그래도 그 정도는 한나절이면 잊는 생활 소음이라 참을 만하다.

아무 말이나 내뱉어도 용서되는 다섯 살도 아니면서 별의별 참견을 다하는 이와 대화하다 보면 귀에 때 늘어나는 소리가 들린다. "어머, 옆구리 무슨 일? 살 좀 빼!"라는 외모지상주의자의 명령문이나 "돈도 쥐뿔 없으면서 뭐가 그렇게 당당해?"라는 천민자본주의자의 의문문이나 "제발 남들처럼 좀 고분고분해지자"는 조직적응자의 청유문을 들을 때면 정녕 귀를 씻고 싶어진다. 우월감이나 이기심이 빚은 악다구니, 비난, 막말, 조롱, 혐오 표현 또한 귀를 씻고 싶게 만드는 소리다.

오염된 말에 마음이 지친 날, 책방 앞 나무 그늘 아래 앉았다. 매일같이 오가면서도 꽃망울 터진 줄도 몰랐는데 어느새 하이얀 이팝나무 꽃이 한껏 피었다. 꽃 핀 모습이 이밥(쌀밥) 같다 하여 이팝나무가 되었다더니 꽃 무더기는 정말 푸지게 담은 밥 한 그릇 같다.

밤이 되니 하얀 꽃은 별처럼 빛났다. 미세하게 바람의 방향이 바뀌자 꽃도 가벼이 살랑였다. 더 깊은 밤, 사방이 고요해지자 꽃잎 부딪는 소리도 들렸다. 여린 꽃잎이 잔바람에 서로를 간지럽히는 소리, 비질을 닮은 그 소리는 어쩐지 마음의 오물마저 가벼이 쓸어가는 듯했다.

그러고 보니 꽃 피는 소리를 들어본 적이 있던가. 꽃잎 부딪는 소리도 이리 고운데 꽃 피는 소리는 얼마나 아름다울까. 그 소리를 떠올리려 한 것만으로 귀가 청량해지고 마음이 잦아들었다. 사람의 말도 꽃 피는 소리를 닮았으면, 부질없는 소망을 하염없이 빌었다.

깊은 밤,
사방이 고요해지자
꽃잎 부딪는 소리도 들렸다.

여린 꽃잎이 잔바람에
서로를 간지럽히는 소리,

비질을 닮은 그 소리는
어쩐지 마음의 오물마저
가벼이 쓸어가는 듯했다.

백목련

"모두의 제때는 다르다"

어느 봄, 진주에 갔다. 진주성 성벽에는 개나리 가지가 늘어지고 성안에는 느티나무꽃이 만발하였다. 봄의 진주는 옛 그림 속 풍경처럼 나른하고 평화로웠다. 첫차 타고 갔다 막차 타고 오는, 끼니 때울 시간도 빠듯한 출장길만 아니라면 당장 그 풍경 속으로 뛰어들고 싶었다.

서울로 떠나야 할 시각, 아쉬운 마음에 터미널 주변을 배회하며 오랜 골목의 잠자던 먼지를 깨웠다. 따사로운 봄 햇살과 달리 여전히 매서운 꽃샘바람을 맞으며 터덜터덜 터미널로 되돌아가는데 문득 환한 빛에 눈이 부시었다. 아까는 줄지어 선 고속버스에 가려졌던 터미널 한쪽 담장이 온통 새하얗게 빛났다.

수백 송이의 백목련꽃이 햇살이 겨운 듯 잔바람에 너울거리는 광경은 나만을 위한 진주의 선물 같았다. '3월의 크리스마스!'라는 경쾌한 문구를 되뇌며 함박눈 같은 꽃송이를 올려다보던 순간, 생애 처음으로 '고결'이라는 단어를 떠올렸다. 햇살이 엇비친 꽃잎은 백자 달 항아리가 떠오르는 곱고도 단아한 빛이었다. 흔한 출장지로 기억될 뻔한 진주는 그날의 백목련 덕분에 이름처럼 빛나는 도시로 남았다.

지금 사는 서울의 아파트 화단에도 봄마다 백목련꽃이 핀다. 옆 동 그림자가 길게 드리운 자리, 무자비한 가지치기에도 살아남은 백목련은 매년 스무 송이 남짓한 꽃을 피운다. 같은 화단의 다른 나무도 비슷한 처지인데 백목련꽃은 그 빛깔과 크기 때문인지 유독 애달파 보인다. 모르는 건 약이지만 아는 건 힘이라고 '생태적 지위生態的 地位, Ecological Niche'를 알고 나자 동정의 시선은 동경의 눈빛으로 바뀌었다.

생태적 지위는 처음에는 낯설고 어렵게 느껴지지만, 한 종의 생물이 자연계에서 어떻게 살아가고 어떤 역할을 하는지 설명하는 간명한 개념이다. 그 생물이 자연계의 공간과 시간을 어떻게 나누어 쓰는지를 예로 들면 보다 이해하기 쉽다.

식물은 지상부의 숲 공간을 고루 나누어 쓴다. 흙과 바위 같은 지표면에는 지의류가, 지상부의 맨 아랫부분에는 풀이 산다. 그보다 높은 지상부에는 떨기나무, 작은큰키나무, 큰키나무 순으로 사는 일이 공간적 지위의 예다.

한편 나비가 낮 시간에, 나방이 밤 시간에 날며 활동 시간대를 나누어 쓰는 일은 시간적 지위에 속한다. 붉은머리오목눈이가 떨기나무에, 까치가 큰키나무에, 매가 절벽에 둥지를 트는 이유도 생태적 지위가 달라서다. 이처럼 숲의 생물은 한정된 시공간을 나누어 쓰며 더불어 살아간다.

만약 활동하는 시공간이 겹치면 어떻게 될까? 경쟁이 불가피하다. 경쟁의 결과에 따라 생태적 지위는 달라지고, 만약 경쟁에서 계속 뒤처져 생태적 지위가 줄어들다 보면 그 종은 영영 사라질지도 모른다. 발음마저 뒤끝 없는 멸종!

이처럼 생태적 지위를 알고 백목련꽃을 바라보면 마음의 자세가 달라진다. 조금만 늦으면 오만 봄꽃과 경쟁해야 할 텐데 한발 앞서 피어나기로 자신을 지키다니! 나무의 깊은 지혜에 못내 숙연해진다. 연꽃이 진흙이라는 공간적 지위를 지키며 그리 고운 꽃을 피우듯, 백목련은 이른 봄에 연꽃처럼 곱디고운 꽃을 피운다. 하여 나무에 핀 연꽃, 목련木蓮이라 하는가.

경쟁을 피하고자 한 인간의 사례도 안다. 수학 시험을 앞둔 한 인문계 고등학교 이과반 고3 교실. 어떻게든 반 평균 점수를 올리려던 선생님은 모 문제집의 몇 번 문제를 응용해 출제했다며 친절히 쪽수까지 알려준다. 방금 전까지 시험을 포기하고 책상에 엎어져 자던 아이조차 급히 해답지를 펴고 풀이 과정을 달달 외운다.

어쩐 일인지 1분단 맨 뒷줄에 홀로 앉은 여고생만은 두 손을 교복 치마 주머니에 찔러 넣은 채 '이것이 진정한 학문인가' 허탈히 읊조리며 창밖만 내다본다. 결국 그 여고생은 생애 최초로 빵점을 받는다. 다음 날 아침, 아까 그 수학 선생님이자 담임 선생님에게 불려 나간 여고생은 조례 시간 내내 교탁 옆에서 두 팔 들고 무릎 꿇는 치욕을 맛본다.

비록 처참한 후폭풍이 뒤따랐지만 어쩌면 그 여고생은 경쟁을 피하는 전략으로 빵점을 선점한 것은 아닐까? 물론 그 점수를 두고 경쟁하려는 다른 종이 없었다는 사실이 안타깝긴 해도 '졌지만 잘 싸웠다'고 말해주고 싶다. 열여덟의 나에게.

그때부터였을까. 내 삶은 또래의 삶과 어긋나기 시작했다. 대학에 입학했지만 그곳의 공부는 고등학교 때처럼 허무해 반년 만에 관뒀다. 온갖 걱정과 잔소리에 시달리다 이왕 놀 바에 보다 마음 편히 놀자 싶어 다시 대학 새내기가 되었을 때 고교 동창들은 벌써 대학교 3학년이었고, 고등학교를 졸업하자마자 결혼한 친구는 첫아들을 낳았다.

사범 대학을 졸업하고 임용 고시에 떡하니 합격하는 일로 평범한 소시민의 대열에 끼고자 했으나 IMF는 그해 내가 지원한

분야의 '교원 모집 0명'이라는 초유의 사태를 불러왔다. 동기들은 여러 교육 기관으로 뿔뿔이 흩어졌고, 교원 자격증을 안은 채 나는 기자가 되었다. 이후의 삶도 급락과 폭락을 반복하는 주식 시세처럼 평탄하지 않았다. 툭하면 다니던 잡지사는 망하고 만들던 잡지는 폐간되었다.

그렇게 또 하나의 회사를 그만두고 하릴없이 놀다가 후배의 권유로 이율 높은 복리적금을 들러 갔다. 은행에 가서야 그 적금에 가입하려면 계열사의 신용카드를 발급받아야 한다는 사실을 알았다. 직장인이던 후배는 앉은자리에서 금방 카드 신청을 마무리했다. 난 현재 무직이라고 밝혔지만 은행원은 아무 걱정 말라며 웃어 보였다. 다음 질문 중 하나라도 통과하면 된다면서.

"자가 주택 소유자신가요?" "아뇨!"

"자동차 있으시죠?" "아뇨!"

"아, 걱정 마세요. 남편분 직장 다니시잖아요?" "아뇨!"

"호...혹시 결혼 안 하셨어요?" "네!"

그녀는 몇 개의 질문을 더 했지만 나는 단 하나도 관문(?)도 통과하지 못했다. 결국 0점 밑에 두 줄이 직직 그어진 수학 시험지를 받았을 때처럼 허탈하게 웃으며 은행을 돌아 나왔다.

40대가 된 지금도 내 삶의 궤적은 이전과 크게 그다지 다르지 않다. 나는 여전히 '평균의 삶'에서 뒤처져 있다. 친구들은 대기업 과장이나 탄탄한 사업체의 사장이 되어 저보다 키 큰 중고생 자녀를 기르지만, 나는 변변한 직장이나 부동산도 없으며 단 한 번도 결혼이나 출산을 하지 않았다.

때로 가정과 직장이 없다는 사실에, 표준이라 여겨지는 삶의 여정과 속도에서 벗어난 듯한 삶에 불안감을 느낀다. 진정 바라지도 않으면서 '다들 가졌는데 왜 나만 없을까' 자문하고 자책한다. 하지만 생태적 지위를 배우고 백목련을 다시 바라볼 때처럼 나를 되돌아보면 마음이 달라진다.

백목련은 이른 봄에 꽃을 피우고 비파나무는 한겨울에 꽃을 피운다. 과연 누가 앞서고 누가 뒤섰다 할 것인가. 그저 모든 생명은 제게 알맞은 때에 꽃피우며 살아갈 뿐이다. 이 귀한 진리를 잊으려 할 때마다 백목련꽃은 '모두의 제때는 저마다 다른 법!' 이라고 봄마다 환히 일깨운다.

수백 송이의 백목련꽃이
햇살이 겨운 듯
잔바람에 너울거리는 광경은
나만을 위한 진주의 선물 같았다.

'3월의 크리스마스!'라는 경쾌한 문구를 되뇌며
함박눈 같은 꽃송이를 올려다보던 순간,
생애 처음으로 '고결'이라는 단어를 떠올렸다.

은행나무
"네 안의 봄을 깨워라"

푸른 숲을 배울수록 어쩐지 마음은 점점 더 붉어졌다. 뜨거운 학구열로 미지의 무언가를 밝히는 희열은 짜릿했다. 어느 날, 숲 동무와 설레는 마음으로 삼청공원을 걸었다. 종일 공원 곳곳을 누비며 이 나무, 저 나무의 정체를 알아가는 재미에 시간 가는 줄 몰랐다.

어둑해질 무렵, 버스 정류장으로 가면서 신갈나무인 줄로만 알았던 나무가 실은 떡갈나무였다는 사실을 알아내기까지의 여정을 되짚으며 신나게 웃었다. 순간, 내 발부리에 나뭇가지 하나가 채였다. 제법 크고 길기에 길 한쪽으로 치우려고 가지를 집어 들었을 때 우리는 그만 멈춰 서고 말았다.

나뭇가지는 껍질이 거의 다 벗겨져 속이 다 드러난 채였다. 그런데 그 가지의 한끝에서 난 작은 가지만은 유독 생생했다. 죽은 가지에서 새 가지가 돋아난 것이다. 게다가 새 가지에는 작디작은 잎까지 보였다. 다들 의아해하며 이리저리 살펴보는데 누군가 외쳤다. "이 새 가지, 다른 나무야!"

숲 동무의 외침에 일제히 식물 관찰용 확대경을 꺼냈다. 찬찬히 살펴보니 묵은 가지는 신갈나무인지 떡갈나무인지는 모르겠으나, 여하튼 공원에 흔한 참나무과 나무의 가지로 보였다. 겨울눈조차 다 말라버려 종은 특정할 수 없었다.

새끼손가락만 한 길이의 새 가지 또한 정체를 밝히기 어려웠다. 이제 막 돋아난 잎은 다 자란 상태가 아니어서 형태가 온전치 않았다. 작은 잎을 조심스럽게 펴 보니 얼핏 손 모양 비스름했다. 단풍나무였다.

우리는 행인의 발길에 치이지 않도록 가지를 평평한 숲 바닥에 가지런히 옮겼다. 죽은 가지에 움튼 그 생명력으로 부디 큰 땅에 오롯이 뿌리내리기를 기원하면서.

그 무렵 나는 회사를 그만두고 한 선배의 추천으로 첫 단행본 작업에 착수했다. 모 기업체에서 의뢰한 일로, 좋은 성과를 낸 열 명 남짓한 직원과의 인터뷰를 책으로 엮는 작업이었다. 평소 인터뷰 기사를 좋아한 터라 반가운 마음에 앞뒤 재지않고 덜컥 받아든 일이었다.

매달 마감을 하는 잡지와 달리 단행본 마감은 6개월 후로 꽤 넉넉했다. 처음에는 그 점이 마음에 들었는데 막상 원고 작업을 해보니 반년은 넉넉한 기간이 아니었다. 한 달 단위 일정을 짜는 데 익숙한 나머지 그보다 여섯 배 많아진 일정을 어떻게 관리할지 몰라 난처하기도 했다.

아무도 채근하지 않는 마감은 기자가 아닌 작가로 불리는 일만큼 어색했다. 단행본을 처음 맡을 때와 달리 점점 자신감이 쪼그라들었다. 아침마다 일을 의뢰한 회사에 폐 끼치지 않도록 지금이라도 그만두는 편이 낫겠다고 마음먹었다. 선배의 얼굴을 봐서라도 다시 힘을 내야지, 주먹을 움켜쥐어 봐도 도무지 힘이 나지 않았다.

푸른 기운을 받으면 힘이 좀 날까 싶어 모처럼 숲에 들었다. 얼마 전 숲에 고이 옮겨둔 단풍나무가 떠올라 그곳으로 가보았다. 따로 표시를 해두지 않아 끝내 그 나뭇가지를 찾지는 못했다. 대신 인근에서 막 돋아난 여러 새순을 보았다. 단단한 땅을 뚫고 돋아난 여린 순을 지켜보자, 그간의 고민을 응축한 '자립'이라는 단어가 머릿속에서 돋아났다.

단행본을 만들면서 '과연 나는 내 의지와 힘으로 직립 보행을 하는가' 하는 의문이 들 때가 많았다. 지금껏 학교와 회사가 만든 틀 안에서 정해진 대로, 시키는 대로 살아왔다. 스스로 걷는 척했지만 지금껏 타인이 정한 방향과 속도로 걸어왔다. 그토록 학교와 회사를 벗어나고 싶어했지만, 막상 그 틀이 사라지자 나는 온전히 서지도, 스스로 걷지도 못하는 듯했다.

다행히 첫 책의 반응이 좋아 같은 회사에서 두 번째 책을 의뢰했다. 다음 책도 잘 마무리하고 한참이 지났지만 어쩐 일인지 한동안 작업 의뢰가 들어오지 않았다. 이제야 단행본의 호흡법을 익혔는데 어느 출판사에서도 책을 내자는 제의가 없었다.

책을 쓰고 싶었다. 기사 쓰기도 즐거운 일이지만 오롯이 나 혼자 책 한 권의 뼈대를 세우고 살을 붙여나가는 작업은 고통만큼 기쁨도 컸다. 그 기억을 떠올리며 출판사는 나중에 찾고 일단 뭐든 써보기로 했다. 지금 공부하는 숲 이야기부터 썼다. 결심까지는 좋았으나 막상 글을 쓰기로 하자 '정말 내가 잘 쓸 수 있을까? 좋은 글을 쓸 수 있을까?' 하는 자문이 꼬리 물기를 했다.

가까운 지인들은 15년 동안 이미 잘해온 일이고 앞으로도 그러리라며 힘을 북돋웠지만 어쩐지 자꾸 움츠러들었다. 앞선 두 권의 책은 의뢰한 기업에서 원하는 대로 만들었을 뿐이고, 세상에 없던 새로운 책의 얼개를 짜고 꾸려나갈 힘이 내게는 없는 듯했다. 다들 나를 믿어주는데, 나는 나를 믿지 못했다.

머리도 식힐 겸, 모처럼 서울시립미술관에 전시를 보러 갔다.

앞뜰 산책을 하다 우수수 돋아난 작은 싹을 발견했다. 은행나무였다. 배열을 보아하니 은행나무 새순은 누군가 일부러 심은 게 아니라 지난해 은행 열매가 떨어진 자리에서 자연 발아自然 發芽, 곧 스스로 싹을 틔운 모양이었다.

단풍나무 새순을 보며 '자립'을 떠올렸듯, 은행나무 새순을 보며 '자연 발아'라는 단어에 마음이 붙들렸다. 누군가 씨앗을 뿌리거나 가지를 꺾어 심은 게 아니라 스스로의 힘으로 돋아나는 일, 자신의 배젖을 양분 삼아 스스로 배아를 키우는 일은 얼마나 숭고하고 거룩한가.

자연 발아에는 많은 우연이 존재한다. 씨앗은 바람이나 물, 새나 곤충이 자신을 실어 나를 곳을 선택할 수 없기 때문이다. 그저 자신이 당도한 곳에서 최선을 다해 싹을 틔울 뿐이다. 자신의 정수리를 누르던 두꺼운 낙엽에 구멍을 내고 돋아난 은행나무 싹처럼.

죽은 가지에서 돋아난 단풍나무 싹과 낙엽을 뚫은 은행나무 싹! 두 나무의 싹은 '네 안의 씨앗을 깨워 싹을 틔우라'는 대지의 죽비 소리 같았다. 두 개의 씨앗을 떠올리며 미약할지라도 스스로 걸어보기로 했다. 그리고 집으로 돌아와 《서울 사는 나무》라는 제목의 생태 수필집을 쓰기 시작했다.

푸른
숨결의
정점

—

여름

배롱나무

“꽃피는 자리는 따로 있다”

한동안 경주에 빠져 살았다. 멋모르는 청소년 시절, 수학여행 때는 미처 알아보지 못한 경주의 깊은 멋에 뒤늦게 매료되었다. 한 주의 업무가 끝나는 금요일 저녁마다 기차 타고 가 사나흘씩 머물렀다.

토함산, 불국사, 안압지, 황룡사지도 좋았지만, 특히 남산에 반해 주말마다 다른 길로 들었다. 경주 남산의 문화 유적을 알리고 보호하는 데 앞장서는 남산연구소의 답사 프로그램에 참가해 서남산, 동남산, 남남산을 걸었다. 산기슭마다 자리한 어엿한

석불을 보며 그 옛날 변변한 도구도 없이 가파른 암벽에 매달려 어찌 부처를 새겼을지 헤아리곤 했다.

처음에는 혼자 경주를 오갔는데 점점 동행이 늘었다. 안내자를 자처하며 내가 발견한 새로운 경주를 그들에게 소개했다. 어느 여름에는 사진 찍는 후배와 경주 남산을 찾았다. 우리는 경주 곳곳을 촬영한 후 남산 동쪽 기슭에 자리한 서출지로 향했다. 고요한 자리에서 잠시 쉬어갈 요량으로 찾았다가 신라 때 만든 저수지 위에 6백 년 된 소박한 정자, 이요당이 떠 있는 한가로운 풍경에 넋을 놓고 말았다.

그날 서출지 가장자리에는 배롱나무 꽃이 한창이었다. 정자처럼 나지막한 키의 배롱나무는 끝이 오그랑한 진분홍 꽃을 피우는데, 유려한 곡선을 이루는 배롱나무 가지는 고요한 연못, 단아한 정자와 잘 어우러졌다. 그 풍경을 마주한 후로 경주의 나무하면 왕릉 둘레를 지키는 도래솔보다 연못가 배롱나무가 먼저 떠올랐다.

위도로 치면 경주보다 아래의 광주에서도 인상 깊은 배롱나

무를 보았다. 유난히 더웠던 어느 여름, 무등산 둘레길을 걷던 날이었다. 무등산은 여러 차례 올랐지만 둘레길은 처음이었다. 광주 동편에 솟아 매일 새 해가 떠오르는 영험한 산 아래, 그 산 기운이 그대로 스민 마을을 걷다가 우연히 배롱나무 가로수길을 만났다.

진분홍 꽃을 한껏 피운 채 길가에 줄지어 선 배롱나무 가로수길은 무등산 둘레길에서도 으뜸가는 진풍경이었다. 숙소에 돌아와 자료를 찾아보니 전라 지역 일대에는 배롱나무를 군화나 구화로 삼은 데가 꽤 되었다. 꽃이 백일 동안 피고 진다 하여 백일홍나무라고도 불리는 배롱나무가 여름내 피어난 풍경을 상상하니 마음에 꽃길이 펼쳐진 듯 뿌듯하였다.

경주와 광주에서는 한껏 멋스럽게 자라는 배롱나무인데 서울에서는 시름시름 앓거나 시들한 경우가 종종 있다. 나무껍질이 얇은 배롱나무는 따뜻한 남부 지방에서는 길가에서도 잘 자라지만 중부 지방에서는 짚풀로 가지 끝까지 꽁꽁 싸매도 영 기세가 약하다. 사람이 제아무리 나무를 위한다 한들 대지와 기후까지 만들 수는 없으니까.

경희궁에서 주워 온 은단풍나무 씨앗도 그랬다. 당단풍나무나 중국단풍나무는 몰라도 은단풍나무는 보기 드문 종이다. 경희궁 초입의 작은 쉼터에서 크게 자란 은단풍나무를 보고는 얼른 씨앗 하나를 주워다 화분에 옮겨 심었다. 다행히 싹이 돋아 분갈이를 해주며 정성껏 키웠더니 몇 년 새 키가 천장에 닿을 정도가 되었다.

키는 훌쩍 자라는데 이상하게 줄기 지름은 그대로였다. 나무 잘 기르는 숲 동무에게 보이니 빛이 아무리 잘 들어도 바람이 잘 통하지 않는 데서는 나무가 크게 자라지 못한다고 했다. 결국 산자락에 자리한 김포의 한 미술관 마당에 나무를 옮겨 심었다. 뿌리가 안착하자 은단풍나무는 줄기를 쑥쑥 키워 금세 몰라볼 나무가 되었다.

내게는 배롱나무를 떠올리게 하는 오랜 인연이 있다. 마침 은

단풍나무를 차에 실어 너른 땅에 옮겨준 이다. 나와 은정 선배는 첫 잡지사에서 막내 기자와 수석 기자로 만나 지금껏 인연을 이어왔다. 돌이켜 보니 지난 20여 년간 우리는 참으로 많은 길을 함께 걸었다.

홍콩 구룡반도에서는 택시비 몇 푼 아끼려고 종일 땡볕을 맞으며 걸었다. 또 일본 니가타현에서는 밤늦도록 산을 걸어서 넘었는데, 숲과 논, 폐교와 옛집 등에서 열리는 야외 예술 축제인 에치고쓰마리 트리엔날레에 갔다가 버스 막차를 놓친 탓이었다. 제주 여행서를 비롯해 슬로시티와 서울의 쇼핑 명소를 소개하는 책까지 세 권의 책을 함께 쓰면서도 징글징글하게 걸었다. 우리는 그렇게 오랜 부부처럼 숱한 인생길을 함께 걸었다.

대학교를 두 군데나 다니고 석사 학위까지 취득한 선배는 느지막이 잡지 기자가 되었다. 감정을 잘 드러내지 않는 선배는 좋으면 푹 빠지고 싫으면 팩 돌아서는 나와는 너무도 다른 사람이었다. 기자 생활을 함께하는 내내 나는 선배의 얼굴에서 신나는 기색, 남다른 열정을 느껴본 적이 없었다.

몇몇 잡지사를 다니던 선배는 어느 날, 출판사에 입사했다. 내가 아는 선배의 선택치고는 꽤 과감했다. 몇 년간 출판사 생활을 하며 기본기를 다지더니 이번에는 더 놀라운 행보를 보였다. 자연과 생태 분야 책만을 출판하는 1인 출판사를 차린 것이다.

나도 마침 회사를 때려치우고 나온 터라 원서동에 함께 쓸 작업실을 구했다. 살림이라고 해봐야 책상 두 개와 책장 두 개가 전부인 아담한 공간이었다. 목수책방이라는 출판사 이름을 지어주며 겉으로는 응원했지만 속으로는 꽤나 걱정했다. 거대한 불황을 맞은 출판 업계에서 생태 책만을 내는 작은 출판사가 온전히 살아남기란 쉽지 않았다.

가끔은 선배 역시 앞으로 3년은 버틸 수 있을지 걱정이라며 쓰린 속내를 드러내곤 했다. 그런 하소연과 달리 특유의 성실성과 남다른 사회성을 가진 선배는 크고 작은 파고를 유연히 넘었고, 무사히 창립 10주년을 맞은 목수책방은 올해 무려 서른 번째 책을 펴냈다.

그 덕분인지 요즘 들어 전에 없이 선배의 얼굴에 생기가 감돈다. 다음번에 출간할 책 이야기를 하며 짐짓 설렌 표정의 선배를 보며 '앞으로 족히 출판사를 30년은 더 하겠구나, 저마다 꽃피는 자리는 다르구나' 새삼 깨우친다.

세상의 모든 풀과 나무가 제각각 다른 때 꽃을 피우듯 우리의 꽃피우는 자리도 모두 다르다. 꽃 핀 날은 잎과 열매가 맺힌 날에 비하면 무척이나 짧다. 하지만 꽃피기에 알맞은 제자리를 찾는다면 한 해에 백일 동안 꽃 피우는 배롱나무처럼 인생의 화양연화花樣年華도 무한정 길어진다.

그러하니 '내 인생은 언제 꽃피려나' 한탄하기보다 지금 자신이 선 자리를 돌아볼 일이다. 인생은 제게 꼭 맞는 자리, 마땅히 머물러야 할 제자리를 찾는 여정인지도 모르니. 그리하여 끝내 아름다운 꽃 한 송이 피우는 일일지도.

산수국
"그냥 생긴 대로 살아"

"거기는 마농의 땅이지!" 서귀포시 대정읍에 집을 얻었다고 하자 제주에서 나고 자란 한 선배는 대뜸 그렇게 말했다. '마농'이라는 말에 바로 떠오른 건 청소년기에 읽은 프랑스 소설, 《마농 레스코Manon Rescaut》였다. 그 작품의 주인공, 마농은 인상 깊은 팜므파탈이었다. 대학교 때 본 〈마농의 샘〉이라는 프랑스 영화에서도 마농은 여자 이름이었다. "마농은 불어 아냐?" 하고 물었지만 아기가 우는 통에 선배는 급히 전화를 끊었다. 제주 여자는 생활력이 강하다더니 대정읍에 유독 그런 여인이 많은가 보다 하고 무심히 잊어버렸다.

물이 괴지 않아 논농사를 지을 수 없는 대신 밭이 많은 제주에서도 대정평야 한가운데 자리한 제주 집은 말 그대로 밭에 포위당한 형국이다. 아침에 청소기를 돌려도 저녁이면 주변 밭에서 날아온 흙으로 온 바닥이 서걱거리고 하얀 물걸레는 금세 새까매진다.

그 밭에서 콜라비와 비트, 양배추와 브로콜리가 자라는 모습을 내내 지켜보았다. 가을이 지나 겨울이 되어도 노상 푸르기만 한 밭 풍경은 봐도 봐도 질리지 않았다. 하나둘 채소 수확이 끝날 때쯤, 드문드문한 빈 밭에서 똑같은 모양의 채소가 자라기 시작하더니 어느새 사방의 온 밭이 그 채소로 뒤덮였다. 파 치고는 좀 억세 보였지만 파 말고는 달리 추정할 게 없어 파인 줄로만 알았다.

줄기가 꼭 파 같은 그 채소는 파가 아니었다. 우리나라 4대 채소 중 하나이자 백합과 식물 중 가장 매운 채소, 바로 마늘이었다. 마늘 하면 경북 의성의 육쪽마늘만 떠올렸는데 내가 사는 서귀포시 대정읍은 전국 생산량의 10퍼센트, 제주 생산량의 절반이 넘는 마늘이 나는, 그야말로 마늘의 본고장이었다. 대정농협이 전국의 마늘 수매가를 좌지우지한다는 대정오일장 채소 장수의 이야기는 전설이 아니었다.

제주에서는 마늘을 '마농'이라 부른다는 사실을 알려준 이는 이웃 마을, 사계리에 사는 상희 씨였다. 사계리에서 태어났다는 그녀는 결혼해 뭍으로 갔다가 네 아이를 낳고 다시 고향으로 돌아와 사계초등학교 학부모 글쓰기 모임의 회원이 되었다. 지난 여름, 그 모임에서 내게 글짓기 강연을 청했고 그때 상희 씨를 처음 만났다.

국어교육을 전공했지만 평소 글짓기를 멀리했다는 상희 씨는 마지막 수업 때 '사계의 바람'을 소재로 글을 써 왔다. 절대 멎을 것 같지 않던 보롬('바람'의 제주어)과 온 마을을 둘러싼 마농이 참 지긋지긋했다는 이야기로 시작한 그녀의 글은 이제 마농을 흔드는 보롬과 그 보롬의 세기를 알려주는 마농 모두에게 고맙고, 그때의 엄마처럼 자신 또한 엄마가 되고 보니 마농 밭만 보면 세게 흔들리는 마농대를 보며 학교 가는 딸의 앞섶을 단단히 여며주던 엄마가 절로 떠오른다는 이야기로 끝났다. 길이는 짧았지만 마농처럼 알싸한 기운이 오래 맴도는 글이었다.

바람과 햇볕에 옅은 여름 기운이 끼치는 5월에 접어들자 아름다운 마농밭에서는 숙청 작업이 진행되었다. 꼿꼿하던 마농대는 어제까지만 해도 푸르더니 하룻볕에 은회색으로 시들어 반듯하게 밭에 뉘어졌다. 곧 평야를 에워싼 마농로는 그 이름에 어울리게 햇볕에 건조하려 널어놓은 마농으로 가득 찼다.

마을 공원에서는 마농박람회가 열리고, 일대의 카페에서는 마농바게트나 마농스콘을 내놓았다. 이웃 농부에게 넉넉히 샀다며 이웃 주민이자 나처럼 뭍에서 온 이주민, 세희 씨가 마농 반 포대를 거저 주었을 때에는 비로소 대정읍민이 된 듯 뿌듯하기까지 했다.

덕분에 갖가지 요리에 마농을 듬뿍 넣었다. 노상 자라는 모습을 지켜본 탓인지 마농이 배에 들어찰수록 어쩐지 마음 한구석이 허전하기도 했다. 제주살이 첫해의 세 계절을 함께한 사이인데, 이별은 너무 순식간이었다. 이모작을 하는 알뜨르('아래 들판'을 뜻하는 제주어)답게 곧 빈 밭에는 새로운 싹이 돋겠지만 못내 헛헛했다. 그 마음을 아는지 마늘밭 가장자리에 탐스러운 꽃이 피어나기 시작했다.

마늘밭이 텅 비어버린 5월 말, 마늘과 달리 향기가 거의 없는 수국이 피어났다. 대정읍과 이웃한 안덕면 면사무소와 그 바로 옆 산방도서관 일대는 제주에서도 이름난 수국 명소다. 안덕면 사무소는 다소 외진 데 자리해 평소에는 한산한 편인데 수국이 피어날 때면 관광객이 모여든다.

사람은 수국을 보려 벌나비처럼 모이는데 실제 수국에는 매개 곤충이 날아들지 않는다. 수국은 수국속 식물을 아울러 부르는 이름이자 산수국을 개량한 원예종을 이르는데, 개량 과정에서 꽃 전체를 헛꽃으로 만든 수국은 꽃술과 꿀이 없어 곤충이 꼬이지 않고 열매를 맺지도 않는다.

수국과 달리 산수국은 쌀알만 한 참꽃이 가운데 모여서 피고 헛꽃이 참꽃 둘레에 띄엄띄엄 피어난다. 참꽃은 송이마다 꽃잎이 다섯 장씩 나고 암술과 수술까지 갖췄지만 너무 작아 확대경으로나 봐야 보인다. 헛꽃은 참꽃보다 꽃잎이 크고 화려해 헛꽃 대신 매개 곤충을 불러 모으는 역할을 한다.

제주의 유명 수국 명소에는 말 그대로 수국이 많고, 산수국은 마을 어귀 돌담 아래나 오름과 곶자왈 같은 야생에서 절로 자란다. 그중 노꼬메오름의 산수국이 유독 아름답다. 3년 전, 나무의사 우종영 선생님과 제주 나무 답사하는 길에 처음 보았다가 매년 초여름이면 산수국 보러 노꼬메오름에 간다.

큰 나무 아래, 긴 그늘이 드리운 자리의 산수국 빛깔은 언제 봐도 오묘하다. 어떤 꽃은 푸른빛에 검은빛을 살짝 섞은 듯한 쪽빛이고, 어떤 꽃은 자줏빛에 붉은빛을 더한 보랏빛이다. 바로 옆자리인데도 꽃 색은 저마다 다르다.

밝혀진 바에 따르면 산수국 꽃잎은 리트머스 종이처럼 토양 성분의 산성도를 반영한다. 토양이 산성이면 푸른 계통의 빛을,

염기성이면 붉은 계통의 빛을 띤다. 이 때문에 산수국의 꽃말은 '변절, 변덕, 변심'이다. 애초에도 꽃말을 그닥 좋아하지 않지만, 산수국의 꽃말은 유달리 더 못마땅하다.

외양만 보고 함부로 상대를 판단할 때가 많다. 키 171센티미터, 다소 뚜렷한 이목구비, 직선에 가까운 어깨선, 중저음의 목소리를 가진 나는 처음 만난 사람에게 때로 어이없는 이야기를 듣곤 한다. "키가 정말 크네요! 남자인 저보다 어깨가 넓네요!" 같은 하나마나한 소리는 그나마 나은데 "술 잘 마시게 생겼어요! 뭐든 혼자서 잘할 것 같아요!"라는 밑도 끝도 없는 예언을 들으면 코웃음도 아깝다.

그래서인지 산수국을 마주하면 동병상련의 유대감을 느낀다. 당사자는 그냥 태어난 대로 자연스럽게 살 뿐인데 먼발치의 제삼자는 왜 그토록 무성의하고 무례한 외모 품평을 해댈까. 혹 그들이 과녁 삼는 바는 상대의 외모가 아니라 자신의 굶주린 내면인가. 사람은 입이 있어 이리 항변이라도 하건만.

산수국의 헛꽃은 참꽃의 수정이 끝나면 하늘 향해 펼쳤던 꽃잎을 땅을 향해 수그러뜨린다. 마치 '그간 찾아주어 고맙다, 헛걸음하게 해 미안하다'며 절하는 모습만 같다. 이토록 아름다운 염치를 가진 산수국은 자신을 변절자라 부르건 말건 올해도 파란 꽃, 빨간 꽃을 피운다. 제가 뿌리박은 땅을 꽃빛으로 드러내며 어두운 숲을 순하게 밝힌다.

산수국의 헛꽃은 참꽃의 수정이 끝나면
하늘 향해 펼쳤던 꽃잎을 땅을 향해 수그러뜨린다.
마치 '그간 찾아주어 고맙다, 헛걸음하게 해 미안하다'며
절하는 모습만 같다.

칡
"모든 존재는 귀하다"

가끔 글이 잘 안 풀릴 때면 이웃 마을 사계리의 짜이다방을 찾는다. 짜이다방의 큰 팽나무가 자라는 너른 마당과 온갖 풀이 무성한 텃밭에서는 바닷바람과 산바람이 만났다 흩어져 '바람멍' 하기 좋다. 두 바람에 머리를 씻기면 새로 좋은 것이 들어찬다.

신을 찬양하는 경건한 음악과 부드러운 차향이 가득한 짜이다방은 묘한 공간이다. 흙과 나무로 지어 스스로 숨 쉬는 집이자 '당신이 간절히 찾는 바는 어쩌면 당신의 앞이 아니라 뒤에 있습니다'라는 멋진 문장으로 변기의 물 내림 단추 위치를 알리는 별나고 재미난 곳이다.

이곳의 주인장, 선영이는 짜이 말고도 마당에서 자라는 제철 풀을 뜯어 텃밭차를 우린다. 세상 다 산 눈빛으로 뒹굴거리는 고양이, 주인장과 꼭 닮은 데다 이름마저 똑같은 선영이를 쓰다듬다 풀 뜯으러 가는 선영이를 뒤따랐다. 텃밭 한쪽에 쪼그려 앉은 선영이 너머 잘 자란 나무 한 그루를 보고선 나도 모르게 큰소리를 냈다.

"와, 호두나무다! 제주에서 처음 봐."

"저게 호두나무야? 호두 열린 거 못 봤는데."

"아직 어린 나무라 그럴 거야. 더 기다려 봐."

"근데 세이는 호두나무를 어떻게 알아봤어?"

"나 숲 공부했잖아."

"아, 맞다. 세이 덕분에 우리 집에 호두나무가 사는 걸 알았네."

그동안 몰라본 게 미안한지, 이제라도 알아본 게 신기한지 호두나무를 빤히 바라보던 선영이는 이내 자리를 잡고 앉아 웃자란 스피아민트와 애플민트를 솎아냈다. 선영이의 손길이 스친 자리마다 민트 향이 짙게 배어났다.

몸이 약한 선영이의 마른 등을 바라보다가 뭔가 응원의 말을 건네고 싶었지만 마땅한 말을 찾지 못해 우물쭈물했다. 그때, 빽빽한 민트 숲 사이로 어린 칡이 보였다. 그 옆에 제법 자란 칡은 돌담을 지나 담장가의 돈나무를 타고 오르는 중이었다.

"선영! 지금껏 숲에서 본 나무 중에서 생명력으로 치면 칡만 한 게 없었어. 저 어린 칡도 금세 자라 온 마당을 뒤덮을걸. 게다가 칡꽃 향기는 또 얼마나 고혹하다고."

"그래? 난 칡이 나무인 줄도 몰랐네. 세이 말 들으니까 나도 칡처럼 살고 싶다. 생명력도 강하고 향기마저 좋은 사람!"

선영과 칡 이야기를 하다가 문득 몇 해 전, 북한산에서 진행한 생태 글짓기 수업이 떠올랐다. 보름에 한 번, 숲에서 글감을 찾고 한 편의 창작물을 만드는 야외 수업으로, 수강생은 여러 이

유로 학교에 다니지 않는 세 명의 청소년, 별빛, 바위, 판다(아이들 스스로 지은 자연물 이름)였다.

무척 더웠던 어느 여름날, 수업이 끝나고 작은 분식집에서 요기를 했다. 다들 '칡냉면 개시'라는 문장에 홀려 바로 냉면 네 그릇을 주문했다. 문득 수저를 놓던 별빛이 물었다.

"근데 칡이 뭐예요?"

대체 인생이 뭐냐, 행복은 어디 있냐고 물은 것도 아닌데 무척 막막했다. 바위와 판다도 해맑은 눈빛으로 나의 답을 기다렸다. 한 번도 칡을 본 적 없는 사람에게 칡을 어떻게 설명하면 좋을까.

일단 칡의 남다른 점부터 말하기로 했다. '칡은 무척 잘 자라서 사흘 밤이면 십 리를 간다는 말이 나돈다, 도심이나 숲에서 온 벽이나 온 나무를 뒤덮은 푸른 덩굴식물을 만났다면 아마도 칡이리라'고 하자 세 친구는 그 대단한 식물을 먹는다는 사실에 살짝 들뜬 표정을 지었다. 기대가 더 커지기 전에 얼른 현실을 일깨워 주었다.

"생장 속도가 남다른 칡은 그래서 황무지를 일굴 때 일부러 갖다 심기도 하지만, 다른 식물이 해를 못 보게 한다는 이유로 마구 베어지기도 해. 인간은 잘 자라는 칡의 특징을 재빨리 이용하고 손쉽게 배척하지. 칡은 필요에 따라 한 생명의 가치가 달라져야 하는지 생각할 거리를 안기는 멋진 식물이야."

잠시 심각한 표정을 짓던 세 친구는 이내 냉면 그릇에 코를 박고 허겁지겁 검은 면발을 들이켰다.

생태 글짓기 수업은 날씨에 따라 관찰 대상과 글감을 자유로이 정한다. 한번은 돌을 주제로 이야기를 나누는데 갑자기 소나기가 쏟아져 그 자리에서 비를 관찰하고 글을 쓰기로 했다. 비 내리는 풍경을 바라보며 빗소리에 귀 기울이고 비 냄새를 한껏 들이마셨다. 연이어 비를 만져도 보고 맛도 보았다. 이제껏 흔히 보아온 비를 오감을 열어 새로 맞이한 세 친구는 점점 표정이 깊어졌다.

"만약 우리가 빗방울이라면?"이라는 나의 질문에 호기심을 느낀 세 친구는 하나의 빗방울이 구름에서 지상으로 내려오는 동안의 여정을 소재로 글을 쓰기로 했다. 별빛은 첫 낙하를 준비하는 빗방울이 스카이다이빙 직전의 설렘과 떨림을 느끼리라며 짜릿한 체험기를 썼고, 바위는 다른 빗방울과 헤어지는 일이 못내 아쉬워 구름에서 발을 떼지 못하던 빗방울이 결국 구름에 머물러 살기로 했다는 내용의 서정시를 썼다.

판다의 글은 좀 달랐다. 판다는 이름처럼 덩치가 크고 순한 인상을 가진 친구로, 평소 말수는 적지만 글을 곧잘 썼고, 때때로 믿기지 않는 명문장으로 좌중을 놀라게 했다. 이번 글에서 판다는 큰 덩치 때문에 다른 빗방울에 떠밀려 아직 세상으로 나아갈 준비가 되지 않은 채 낙하하는 빗방울의 심리를 묘사했다.

땅으로 뛰어내릴 용기가 없냐며 낄낄거리는 다른 빗방울의 비웃음, 지상으로 떠나기 직전 숨이 멎을 듯한 공포와 불안, 온몸이 찢어질 듯한 빠른 낙하 속도를 의성의태어를 활용해 강렬하게 표현했다. 급박한 상황에서도 강이나 바다에 떨어져 다른 물과 합쳐지고 싶은 빗방울의 간절한 바람도 담았다. 하지만 판다의 글은 이 한 음절로 끝이 났다. '펑!' 끝내 빗방울은 바다에 닿기 직전, 도요새에 부딪혀 산산이 흩어지고 말았다.

생태 글짓기 수업은 각자의 글을 낭독하고 감상 나누기로 끝나는데, 판다의 낭독 후에는 아무도 말을 잇지 못했다. 수많은 창작자가 그러하듯 세 친구가 쓰는 글의 주인공도 자신을 닮아 있다. 언뜻 보면 마구 지어낸 이야기 같지만 주인공이 처한 문제 상황에는 각자의 고민과 갈등이 그대로 투영되었다. 한때 누구보다 가까웠던 친구에게 따돌림을 당했던 판다의 글에서는 당시의 고통과 이후의 상처가 그대로 만져졌다.

수업이 끝나고 판다에게 따로 숲 산책을 청했다. 말없이 한참을 걷다가 큰 바위와 마주한 나무 의자에 앉았다. 온통 칡넝쿨로 뒤덮인 바위에서 이제 막 칡꽃이 꽃망울을 터트리고 있었다. 새의 꽁지깃을 닮은 모양과 분홍빛과 자주빛이 어우러진 신비로운 빛깔에 호기심을 느끼는 판다에게 말했다.

"칡꽃 향기 맡아볼래?"

주저하던 판다는 처음 맡는 칡꽃 향기에 어질한 표정을 지었다. 그 순간, 존재를 부정 당한 아픈 기억을 가진 판다에게 '모든 생명은 저마다 다른 모습과 다른 향기를 가졌다, 무용하거나 유용한 생명은 애초에 없다, 생명은 존재만으로 가치롭다'는 이야기를 하려다 말았다. 그 모든 이야기를 나 대신 칡꽃이 은은히 전하리라 믿으며.

존재를 부정 당한 아픈 기억을 가진
판다에게 '모든 생명은 저마다 다른 모습과
다른 향기를 가졌다, 무용하거나 유용한 생명은
애초에 없다, 생명은 존재만으로 가치롭다'는 이야기를
하려다 말았다. 그 모든 이야기를 나 대신 칡꽃이
은은히 전하리라 믿으며.

느티나무
"백 년도 못 사는 것들이"

20대 시절에는 돈 때문에 무시당하는 일이 많았다. 특히 집 구할 때 그랬다. 살 만한 집의 월세는 언제나 예산의 몇 곱절이라 엄두가 안 났다. 그 돈으로는 이 동네에서 집 못 구하니 저 동네에나 가보라며 턱짓하던 부동산 중개인에게 겨우 살라는 건지 말라는 건지 싶은 집을 소개받고 돌아 나올 때면 그렇게 서러울 수 없었다.

그게 나름 자극이 되었던지 이후 저축에 박차를 가했다. 먹고 싶은 거, 입고 싶은 거 꾹꾹 참아가며 악착같이 돈을 모았다. 하지만 2년 후, 다시 집을 구할 때면 전월세 가격은 또 그만큼 올라 있었다. 먼저 태어난 사람의 나이처럼 집값은 평생 따라잡을 수 없는 건가, 허탈감과 절망감에 시달려야 했다.

그로부터 20여 년이 흐른 지난해, 이제 그만 남의 집 살이를 끝내고 내 집 장만을 좀 해볼까 싶었다. 그사이 부동산 앱이 보편화돼 앉은자리에서 매물 정보를 확인했다. 우선 가까운 동네의 아파트 시세부터 확인했다. 0을 하나 더 셌나 싶게 최근 1, 2년 사이 수억씩 오른 집값에 억 소리가 나왔다.

아파트 청약 말고는 답이 없다는 다주택자 선배의 말에 20여 년간 주택청약종합저축을 부었던 사실이 떠올랐다. 하지만 만점(84점, 인기 아파트 당첨 합격선은 70점대)의 절반이 조금 넘는 청약 점수로 서울의 아파트 당첨은 턱도 없는 일이었다.

게다가 그나마 확률이 높다는 특별 공급(신혼부부, 노부모 부양 다자녀 가구 등) 어디에도 해당 사항이 없었다. 생애 최초 특별 공급에 희망을 걸었지만 '미혼 1인 가구는 안 된다'는 기사 제목을 보자마자 마우스를 집어던졌다. 할 수 없이 가점제

(85m²이하) 말고 추첨제(85m²초과)에 기대려 했으나 이번에는 평수만큼 높은 분양가가 발목을 잡았다.

사회생활을 시작한 스물다섯 이후 매달 일을 했다. 20년간 안식년은 고사하고 안식월도 없었다. 종합소득세와 부가가치세, 그외 각종 세금, 월세나 관리비, 전기·수도·가스 요금, 신용카드 대금, 심지어 과태료 한 번 미납하지 않았다. 코로나 때 얻은 소상공인 대출 말고는 은행에 빚 한 푼 안 지고 살았다.

프리랜서 시절 숱하게 원고료를 떼였고 지금도 간혹 떼이지만 내가 지급해야 할 인건비나 직원 월급, 거래처 대금 등을 미룬 적도 없다. 한데도 이 넓은 서울 땅에 이 한 몸 편히 쉴 안식처 하나 없다는 현실은 너무나 비현실적이었다.

분노에 이글거려 봤자 상황은 나아지지 않고 되레 건강만 나빠졌다. '노력으로 바꿀 수 없는 일에 애쓰지 말자, 지금 당장 잘 먹고 잘 살자' 마음먹었다. 바로 필라테스 학원에 등록하고 헬스클럽에서 일대일 수업을 받기로 했다. 코어 운동과 근력 운동을 번갈아 하면 좋다는 PT 선생님의 조언을 충실히 따랐다. 운동이 끝나면 하루 1만 보는 기본이고 2, 3만 보를 걷기도 했다.

그렇게 서너 달이 흐른 후 설레는 마음으로 인바디 기계에 올랐다. 못해도 체중이 3킬로그램은 빠졌을 줄 알았는데 어찌 된 일인지 소수점 뒷자리까지 똑같았다. 선생님은 체지방량이 줄고 딱 그만큼 근육량이 늘었다며 체중은 괘념치 말라고 했다.

하지만 이후로도 검사 결과는 바뀌지 않았고, 급기야 정강이 근육이 마비되는 사태가 벌어졌다. 굳건하던 선생님조차 당분간 운동을 쉬는 편이 낫겠다고 했다. 내 집 장만은 몰라도 내 몸 단련은 의지의 영역인 줄 알았건만 이제 나는 그도 아닌 나이였다.

하기야 근래 들어 허리가 안 아프면 어깨가 아프고, 코가 시원하면 눈이 침침하긴 했다. 문자 메시지가 오면 돋보기를 꺼내 들거나 식물 관찰용 확대경을 집어 드는 지인을 낯설게 바라보며 눈 건강만큼은 자부했는데, 나 역시 언젠가부터 간판 글자가 흐릿하게 보였다.

안과에 갔더니 지금껏 만나본 의사 중 가장 젊어 보이는, 아무리 많아도 나보다 열 살은 어려 보이는 의사가 바로 노안이라고 진단했다. 그는 '보통 가까운 대상만 잘 안 보이는 줄 알지만 가까운 대상과 먼 대상을 번갈아 볼 때의 초점 전환을 담당하는 근육이 느슨해지는 게 노안'이라고 설명했다.

다음 진료 때 눈에 벌레 같은 게 보이는 현상이 심해졌다고 하니 의사는 대뜸 "그럼 그 나이까지 눈을 썼는데 멀쩡하겠어요? 그 나이 되면 다 그래요. 그건 신도 못 고쳐요"라며 목소리를 높였다. 진료실을 나오면서 "넌 늙어봤냐? 난 젊어봤다!" 외치고 싶었지만 백발의 다음 환자를 보고 꾹 참았다.

울분을 씻어내려 홧김에 처음 눈에 띈 동네 미용실을 찾았다. 분명 사진까지 보이면서 단정한 단발머리를 원한다고 했건만 "어머님 나이에는 이런 사모님 헤어스타일이 더 어울려요"라며 요상한 숏 커트로 잘라놓고 흡족해하는 미용사의 웃는 얼굴에도 차마 침을 뱉지 못했다.

소소한 고민거리는 편한 친구에게 하소연만 해도 풀어질 때가 많다. 이중 주차를 삐딱하게 해놓은 차를 살짝 긁어 수십만 원을 물어준 일, 거래처 직원이 금요일 오후에 전화해서 다음 주 월요일 오전까지 제안서를 달라고 한 일은 누군가에게 털어놓기만 해도 후련해진다.

하지만 나라에서도, 사회에서도 대접받지 못하는 깊은 설움은 하소연만으로는 쉬이 해결되지 않는다. 보상받지 못한 청춘, 비난받는 노화 같은 생애 최초의 재난은 어지간한 위로로는 꿈쩍도 않는다. 하룻밤 잘 잔다고, 며칠 지난다고 해결되거나 잊힐 문제가 아닌 게다.

나에게는 그럴 때 특효인 비장의 처방이 있다. 식물이 된 현자, 느티나무 아래 들기다. 창경궁에는 오랜 느티나무가 몇 그루 사는데 모두 바라보기만 해도 마음이 푸근해지는 거목이다. 그중에서도 양화당 뒤편, 을지로의 높은 빌딩 너머 남산까지 내다보이는 돌계단에 사는 느티나무, 돌과 한 몸이 된 나무를 찾아간다. 나무는 성인 둘이 둘러싸도 손이 닿지 않을 만큼 줄기가 굵고 그늘도 넓다.

쓰러지지 않으려 온 뿌리로 돌을 움켜쥔 나무, 그 노거수 그늘 아래 들면 치열한 인간사나 성마른 세상사 모두 우스워진다. 나무의 한 시절만큼도 못 사는 인간의 근심과 욕망이 죄 하찮아진다. '하늘이 천장이고 땅이 방바닥인데 집이 다 무슨 소용인가, 늙음은 생명의 숙명이거늘 어찌 슬퍼만 할 텐가.' 느티나무의 깊은 속엣말을 듣다 보면 내 마음자리까지 깊고 넉넉해진다.

팽나무

"바람의 길을 내어라"

여행서 출간을 계기로 제주를 자주 찾으면서 아는 제주 사람도 늘었다. 그들을 따라 관광객이 몰리는 유명 식당이나 관광지 말고 골목 맛집이나 숨은 절경을 찾아다녔다. 제주터미널 근처에 숙소를 정하면 렌터카 없이도 어디든 편히 오가며, 새벽녘 제주항 근처 어판장 갈치가 물이 좋다는 귀한 정보를 거저 얻기도 했다.

제주에 머물 때면 아침마다 꼭 하는 일과도 생겼다. 현지인처럼 제주 뉴스 챙겨 보기! 제주 소식으로 꽉 찬 뉴스는 한라산을 기준으로 동서남북 다 다른 날씨 정보는 물론이고 볼 만한 전시나 행사 안내 등 요긴한 소식으로 가득했다. 여느 지역 뉴스처럼 그곳의 지역성과 특수성이 느껴져 더 정겨웠다.

그 덕에 제주시장과 서귀포시장은 제주도지사가 지명한다는 사실을 알았고, 생중계되는 시장 후보자 인사 청문회를 진지하게 지켜보았다. 어느 마을의 이장 선거 소식까지 전하는 정겨움에 빙그레 웃었다. 봄이면 중국에서 밀려온 해조류의 일종인 괭생이모자반 때문에 파리 소굴이 된 해변 풍경과 고사리를 채취하다 '길 잃음' 사고를 당하는 도민이 매년 백 명을 웃돈다는 통계에 충격을 받기도 했다.

뉴스만큼 제주 지역 방송국에서 제작한 다큐멘터리도 알찼다. 그중 '돌챙이'를 소개한 작품이 유독 인상 깊었다. 제주에서는 길과 집, 밭과 무덤 둘레에 돌담을 쌓는데 그 일을 업으로 삼은 이를 돌챙이라 부른다. 담장 높이가 대개 성인의 허리춤, 높아도 가슴께 정도로 낮은 데다 얼기설기 대충 쌓은 듯 보였는데 제대로 된 돌담은 반드시 돌챙이의 손을 거쳐야 한다는 사실을 그때 처음 알았다.

돌챙이의 삶을 담담히 담아낸 다큐멘터리는 일은 고되지만 대우는 박한 현실에 돌챙이가 점점 사라져 간다는 씁쓸한 내용으로 끝을 맺었다. 이후 와르르 무너졌거나 유달리 아름다운 돌담을 보면 다큐멘터리 속 돌챙이의 말이 떠올랐다.

"돌담에서 가장 중요한 부분은 돌과 돌 사이 구멍입니다. 그 구멍이 너무 작거나 크면 담이 무너지거든요. 더 탄탄한 담을 만들려고 그 구멍을 시멘트 반죽으로 메우기도 하는데 그리하면 돌담이 통째 넘어갑니다. 제주에서는 바람에 맞서려 하면 안 돼요. 바람이 지나도록 길을 터주어야 더불어 살 수 있습니다."

언젠가 내 손으로 직접 돌담을 쌓아보고 싶었는데, 올해 제주의 역사와 문화를 배우는 제주대학교 박물관대학을 다니면서 그 소망을 이루었다. 박물관대학은 제주 신화와 해녀, 오름과 화산 등을 주제로 한 강연과 답사, 체험이 이어지는 교육 과정으로, 운 좋게 첫 체험 활동으로 한라산 자락에서 돌챙이 선생님의 지도 아래 돌담 쌓기를 했다.

선생님은 우선 돌담 맨 아랫돌은 구한 돌 중 가장 큰 돌, 가운데는 중간 크기의 돌, 맨 윗돌은 가장 작은 돌이어야 한다고 일러주었다. 한 조에 열 명씩, 세 개 조로 나뉘어 쌓고 허물기를 반복한 끝에 얼추 그럴 듯한 세 개의 돌담을 완성했다.

조교가 가장 잘 쌓은 돌담을 골라달라고 하자, 선생님은 돌담의 맨 윗돌에 양손을 올리고 센 바람이 불 때처럼 앞뒤로 마구 흔들었다. 1등의 영예는 첫 번째 조에게 돌아갔다. 선생님은 다른 두 조의 돌담은 윗돌만 흔들린 데 비해 첫 조의 돌담은 통째 흔들렸다며, 바람 따라 흔들려야 무너지지 않는다고 덧붙였다.

선생님의 이야기에 주인댁의 문틈이 번뜩 떠올랐다. 지금 사는 제주 집은 지은 지 2년도 안 된 신축 건물로 온 벽이 유리창으로 된, 바람 심한 동네에서 잔뜩 멋 부린 집이다. 처음 집 보러 간 날, 주인 할머니는 최신식 이중 새시로 마감한 덕에 태풍이 와도 끄떡없다고 자랑했다.

태풍 마이삭이 왔을 때 눈앞에서 야자수가 쓰러지는 광경을 지켜본 터라 도통 그 말이 믿기지 않았다. 막상 살아보니 할머니 말이 맞았다. 문단속만 잘하면 바람 소리, 빗소리 하나 들리지 않아 온 집안이 진공 상태 같다.

어느 밤, 베란다에 나가 바람에 나뒹구는 잡동사니를 정리했다. 작은 화분이 나자빠질 정도로 바람이 센데 어쩐 일인지 위층 할머니 댁 창문은 모두 조금씩 열려 있었다. 다음 날 산책길에서 우연히 만난 이웃 주민, 세희 씨에게 할머니가 창문을 조금씩 열어두는 이유를 아는지 물었다.

"여기서 나고 자란 분들은 바람에 길을 터주어야 한다는 말씀을 자주 하시더라고요. 바람이 지긋지긋하지만 그 바람 없이는 못 사시겠대요."

제주 사람이 바람에 그러하듯 제주 나무도 바람에 맞서지 않는다. 바람이 지나는 길을 따라 제 줄기를 누인다. 바람에 맞서면 꺾이기 십상이기에 바람이 불어오는 바다에서 육지 쪽으로 휘어 바람이 제 몸을 타고 흐르게 한다. 해안 도로를 달리면 바람에 휜 나무가 가로등보다 많다.

바닷가에서 제법 떨어진 마을 안쪽의 나무조차 바람길 따라 줄기가 굽을 정도로 제주 바람의 위력은 대단하다. 그래서인지 제주에서는 사람이든 식물이든 바람에 무모하게 맞서기보다 순응하며 살아간다. 바람을 정복이 아닌 숭배의 대상으로 여기며 바람신에게 무사와 풍어를 기원하는 제를 올린다.

섬의 센바람처럼 한 시대, 한 세상에도 거대한 바람이 분다. 그를 두고 시류나 풍조, 혹은 세태나 유행이라고 부른다. 내가 몸 담았던 잡지 분야에도 강력한 바람이 불었다. 온라인 미디어가 세상을 장악하면서 전통적인 종이 잡지는 위기에 처했다.

지난 7년간 매달 만들어 온 여러 권의 잡지도 모두 웹진이나 앱진으로 전환되리라는 소식이 들려왔다. 나는 발 빠르게 온라인 미디어 제작 채비를 하는 대신 발주처에 다시 한번 종이 잡지의 매력과 가치를 설파하며 돌파구를 모색했다. 온라인이 대세이기에 오프라인의 희소성이 더욱 빛나리라며 목소리를 높였다. 하지만 기대와 달리 결과는 처참했다. 꼿꼿이 새바람에 맞서다 회사의 허리만 꺾였다.

하던 일을 모두 그만두고 제주에 와 망연히 천장을 보고 누워 지내던 어느 날, 문득 팽나무가 보고 싶어졌다. 서울에는 팽나무가 흔치 않은데 제주는 어딜 가나 팽나무다. 제주어로 폭낭이라 불리는 팽나무는 염분을 잘 견뎌 해안가나 항포구에서도 잘 자란다. 그런 이유로 포구나무라는 별칭까지 가졌다.

뭍에서 느티나무가 그러하듯 제주에서 팽나무는 마을을 지키는 당산목 역할을 하며 보호수나 기념물로 지정된 예가 많다. 그중 제주시 동쪽의 바닷가 마을, 동복리의 팽나무는 그 자태가 아름답기로 유명하다. 무작정 제주 집에서 70킬로미터나 떨어진 마을로 길을 잡았다.

듣던 대로 마을 어귀에 도착하자 거대한 팽나무 한 그루가 객을 맞았다. 팽나무는 동쪽에서 불어온 바닷바람에 온 줄기가 서쪽으로 휘어 바람 따라 누운 굴뚝 연기 같은 모습이었다. 느티나무는 대개 사방으로 잘 자라 어느 방향에서 보든 엇비슷한데 한쪽으로 휘어 사방에서 보이는 모습이 다 다른 팽나무는 어딘지 멋스러웠다. 그중 곧은 줄기를 활처럼 구부러뜨린 모습은 숭고해 보였다.

서쪽을 향한 팽나무 아래에서 석양을 바라보았다. 저무는 해는 오래도록 내가 만들어 온 종이 매체의 오늘만 같았다. 괜히 서글퍼져 해가 다 지도록 나무 아래 머물렀다. 가라앉은 마음과 달리 바닷바람이 어찌나 센지 제대로 몸을 가누기조차 어려웠다. 헝클어진 머리카락을 묶으려 바람에 맞서다가 허리가 뒤로 꺾일 뻔했다. 한 시간도 버티기 힘든 이 센바람을 맞으며 나무는 어찌 수백 년을 살았을까.

바람에 눈조차 뜨기 힘든 때, 비로소 다른 눈이 뜨였다. '진정 무언가를 지키려면 허리가 꺾이도록 맞서기보다 때로 그 바람이 지나도록 길을 터주어야 한다.' 타협은 굴복이 아니라 일종의 화해일지 모른다는 마음마저 들었다.

동복리 팽나무 아래였기에 그랬을 테다. 내가 믿는 가치만이 최고라고 우기며 내 것만 고집하며 살아온 한 인간에게 굽은 팽나무가 때로 바람길을 따르는 일이 무사히 살아남는 길, 유연하게 살아가는 길이라는 평생의 깨달음을 온몸으로 전했기에.

진정 무언가를 지키려면

허리가 꺾이도록 맞서기보다

때로 그 바람이 지나도록 길을 터주어야 한다.

벚나무
"진심을 다해야 이룬다"

처음 숲 교재를 받고는 적잖이 놀랐다. 지금이 무슨 구한말도 아닐진대 웬 한자가 그리 많은지. 어린 시절 할아버지 어깨너머로 한자를 익히고 집에서 한자 혼용 신문을 구독한 터라 한자라면 또래에 비해 많이 안다고 자부했는데, 보고 또 봐도 당최 그 뜻을 가늠할 수 없는 한자어가 너무 많았다.

기본 개념부터 일반 용어까지 낯선 단어가 수두룩했다. 교목喬木, 아교목亞喬木, 관목灌木 같은 단어만 보고서는 큰키나무, 작은 큰키나무, 떨기나무라는 뜻을 도무지 유추할 재간이 없었다. 혼자라도 부지런히 우리말 용어를 쓰려고 했지만, 다들 엽흔葉痕이라고 하면 알아들어도 잎자국이라고 하면 못 알아들었다.

숲 해설가 교육 과정의 맨 처음 과제는 궁궐 수종 조사였다. 오랜 궁궐에서 나무와 친해지는 일은 기꺼웠지만, 정해진 표에 잎, 꽃, 열매 등 나무의 주요 기관 특징을 세세하게 기록하는 일은 무척 괴로웠다. 가뜩이나 너른 궁궐에서 나무의 위치 찾기도 만만찮은데 그보다 표에 적힌 용어가 더 사람 잡았다.

이를테면 잎은 부위별로 엽저葉底(잎자루와 가까운 잎의 밑부분), 엽두葉頭(그 반대쪽 끝), 엽연葉緣(잎의 가장자리) 등으로 나뉘고, 다시 엽저는 그 모양에 따라 설저·둔저·왜저·원저·심장저·평저 등으로, 엽두는 뾰족한 정도에 따라 예두·첨두·급첨두·예첨두·둔두·원두·평두 등으로 나뉜다니 기가 찰 노릇이었다. 평소 공자 왈 맹자 왈을 즐기던 초로의 숲 동무조차 잎의 형태를 나타내는 한자를 보고는 혀를 내둘렀다.

꽃 관련 용어도 대단했는데 제아무리 화서花序(꽃차례)가 '혼

돈의 카오스'라고 해도 압권은 따로 있었다. 생태학 선생님이 화외밀선花外蜜腺이라는 용어를 처음 발음했을 때 하마터면 아껴둔 비속어를 내뱉을 뻔했다. 한자어로 말할 때는 대체 뭘까 싶었는데, '꽃밖꿀샘'이라는 우리말을 듣자마자 '꽃의 바깥에 있는 꿀샘'이라는 뜻을 대번에 알아챘다.

"자, 그렇다면 식물에서 꽃 말고 꿀이 있는 데가 어디일까요?" 선생님의 질문에 뿌리, 줄기, 씨앗, 겨울눈 등 식물의 기관이 총망라되었다. 선생님은 바로 정답을 알려주지 않고 다음 현장 수업 때 실제로 관찰하자고 했다. 며칠 후 꽃밖꿀샘이 발달했다는 벚나무 앞에 서긴 했는데 도통 꿀샘을 찾을 수 없었다. 한참을 기다리던 선생님은 잎과 잎자루 사이에 난 작은 혹을 가리켰다.

확대경으로 들여다보니 정말이지 잎과 잎자루가 이어지는 부위에 홈이 파인 작은 혹 같은 게 보였다. 그 잎만 그런가 했더니 온 나뭇잎에 혹이 달려 있었다. 어떤 잎에는 하나, 어떤 잎에는 둘, 셋씩 혹, 아니 샘이 달려 있었다. 이제껏 벚나무를 안다고 자부한 지난날이 부끄러워질 정도로 버젓한 모습이었다.

벚꽃은 허다하게 보았다. 동네마다 흔한 게 벚꽃인데 하동과 진해로 따로 시간을 내어 먼 데까지 벚꽃을 보러 다녔다. 그렇게 마주한 벚나무가 족히 수만 그루는 될 테다. 그럼에도 그저 꽃만 취하고 잎은 허투루 보았다.

어느 봄, 해남 두륜산에 갔다. 함께 간 숲 동무는 큰 동백나무를 올려다보던 내게 동백꿀을 먹어본 적 있느냐고 물었다. 그런 꿀이 있는지도 몰랐다고 하니, 나더러 개중 큰 동백꽃 아래 입을 갖다 대라고 했다. 그리고는 동백꽃을 기울여 내 입에 꿀을 넣어주었다. 태초의 단맛, 태어나 한 번도 맛본 적 없는 천연의 맛이었다. 다음 생에는 동백꿀을 먹고 사는 동박새로 태어나고 싶을 정도였다.

다시 서울로 돌아와 막 잎이 돋은 벚나무를 보고는 꽃밖꿀샘의 꿀은 어떤 단맛일지 궁금해졌다. 꽃밖꿀샘에 새끼손가락을 갖다 대니 정말 촉촉한 물기가 느껴졌다. 냉큼 손가락을 떼어 입에 넣었다. 아주 적은 양이었지만 분명 달았다. 동백꿀에 비하면 훨씬 덜했지만 연한 단맛이 느껴졌다.

《서울 사는 나무》와 《엄마는 숲해설가》라는 두 권의 책을 낸 후 여러 차례 숲 해설을 했다. 그때마다 참가자에게 벚나무의 꽃밖꿀샘 이야기를 들려주었다.

"식물의 기관 중 구조가 가장 복잡한 기관, 그래서 에너지를 많이 써서 만드는 기관은 바로 꽃이라고 하죠. 식물은 수정이라는 절체절명의 임무를 완수하려 그 꽃에 꿀을 만듭니다. 그런데 왜 벚나무는 꽃의 바깥, 그것도 잎에 꿀샘을 만들까요?"

동물이라면 자신을 해치는 곤충에게서 달아나거나 고개를 흔들어 털어낼 테지만 나무는 그럴 수 없다. 그중 벚나무는 잎 주위에 꿀샘을 만들어 개미를 유인한다. 호전성이 강한 개미는 다른 곤충을 내쫓기도 하고, 꿀이 단백질 보충을 유도해 개미가 다른 곤충을 사냥하게 만든다. 그러니까 꽃밖꿀샘은 생존하지 못하면 종족 번식도 이룰 수 없다는 절박함으로 이룬 샘, 간절함이 고인 샘이다.

두 권의 책에 이어 《후 불어 꿀떡 먹고 꺽!》이라는 우리말 교

양서를 낸 다음부터는 교육 기관이나 문화 센터, 도서관이나 미술관, 여러 기업에서 글짓기 수업을 했다. 첫 시간, 수업에 대한 기대로 눈을 반짝이는 수강생에게 '나는 누구이며 왜 쓰려 하는가'를 주제로 한 짧은 글을 쓰게 한다. 조금이나마 부담을 덜어주려 그 답만 이어도 한 편의 글이 되는 열 개의 질문이 적힌 종이를 나누어 준다.

다음 시간, 한 명씩 돌아가며 자신의 글을 낭독한다. 간혹 완결성을 갖춘 글도 있지만, 허술한 글이 태반이다. 다른 이가 굳이 말하지 않아도 수강생은 자신의 글을 낭독한 다음 스스로 그 사실을 깨닫는다. 그렇다면 왜 그런 허술한 글을 쓸까. 이유는 간단하다. 절박하지 않기 때문이다.

수강생에게 글을 몇 번이나 고쳤냐고 물으면 대개 입을 꾹 닫는다. 보통 처음 쓴 원고 그대로 가져왔거나 한두 번 다시 읽었다고 자백한다. 나는 다시 진정 글을 잘 쓰고 싶은지 묻는다. 어떤 명가수도 노래를 한두 번 부르고서는 제 노래로 만들지 못한다고 덧붙이면서.

몇 년 전, 평단과 독자 모두에게 사랑받는 정유정 작가를 인터뷰한 적이 있다. 막 새 책 작업을 마친 그녀는 퇴고를 백 번 정도 한다며, 글을 봤는데 정말로 토가 나오면 그때 탈고한다고 했다. 그녀와 여러 작가의 사례를 표본 삼아 수강생에게 퇴고의 중요성을 역설한 다음 "난 글에 재능이 없나 봐, 글쓰기는 너무 어려워"라고 쉽게 말하기 전에 일단 한 편의 글을 완성해 보라고 조언한다. 절박하지 않다면 좋은 글을 바라서도 안 된다는 말도 잊지 않는다.

단언컨대 단 한 편의 글을 쓰더라도 꽃밖꿀샘의 절실함을 담아 온 마음으로 써야 한다. 짧든 길든 상관없이 한 문장, 한 단락 그리하여 글 전체에 생명 같은 숨결이 스미도록. 꽃밖꿀샘이 벚나무와 개미 모두에게 이롭듯 글 또한 그 글을 쓴 당신, 그 글을 읽는 불특정의 독자 모두에게 이롭도록. (아, 찔린다.)

나직이
숨을
고르는

가을

벽오동
"네게도 날개가 있단다"

하루걸러 하루 경복궁에 들던 때, 깜빡하고 휴궁일에 들렀다가 허탕을 쳤다. 도로 집으로 가기 뭐해서 항시 열린 국립민속박물관 앞뜰로 향했다. 경복궁만큼은 아니어도 다양한 나무가 사는 그곳에서 그날 처음 벽오동을 만났다.

벽오동이라는 별난 이름은 '푸른 오동나무'라는 뜻이라더니 나무는 정말이지 온통 푸른빛이었다. 잎뿐 아니라 온 줄기마저 초록빛으로 눈부시었다. 대나무 열매만 먹는다는 상상의 새, 봉황이 왜 벽오동에서만 쉬어 가는지 알 만하도록 신비로웠다.

몇 달 뒤, 혜화동 '예술가의집' 뒤뜰에서 벽오동을 다시 만났다. 한여름 박물관 앞뜰의 벽오동과 달리 늦가을에 만난 혜화동 뒤뜰의 벽오동은 잎이 모두 진 뒤라 관찰하기 수월했다. 폭이 20센티미터는 족히 넘을 듯한 널따란 크기는 오동나무 잎과 비슷하고, 서너 갈래로 깊이 갈라진 모양은 오동나무 잎과 달랐다.

이미 한가득 쌓인 낙엽 더미를 뒤적이다가 희한하게 생긴 다른 잎을 발견했다. 앞서 관찰한 잎의 10분의 1쯤 되려나 싶게 작은 잎은 옆으로 누이면 속이 옴폭 파인 나룻배 모양으로, 뱃전에 해당하는 윗부분 가장자리에 콩 같은 알이 한두 개, 또는 서너 개씩 붙어 있었다.

도통 본 적 없는 잎 하나를 들고서는 '벽오동은 잎이 두 종류인가, 기후 변화에 따른 변종의 탄생인가, 이 사실을 어서 학계에 보고해야 하나' 잠시 고민했다. 마침 가방에 든 겨울나무 도감을 꺼내 찾아보니 낯선 잎은 잎이 아니라 열매였고, 가장자리에 붙은 콩알은 벽오동 씨앗이었다.

기상천외한 벽오동 씨앗을 요리조리 살폈다. 벽오동이 무슨 연유로 이리 별난 모양의 씨앗을 만드는지 궁금했다. 순간, 봉황이 잠시 쉬러 왔는지 어디선가 센바람이 불어왔다. 그 바람에 저 높은 가지에서 벽오동 열매가 우수수 떨어졌다. 일시에 여러 척의 배가 공중으로 날았다.

벽오동 열매에서 씨앗이 달린 부분은 무게 중심이 되어 아래로 가고 배와 닮은 부분은 세로로 긴 날개 역할을 해, 열매는 뱅글뱅글 나선을 그리며 천천히 바람을 타고 지상으로 내려왔다. 비록 수 초 만에 끝나버린 비행이지만 두고두고 기억할 찬란한 낙하의 풍경이었다.

풀과 나무 중에는 벽오동처럼 씨앗에 날개가 달린 종이 많다. 주변의 흔한 풀 중에는 민들레, 지칭개, 엉겅퀴, 할미꽃, 박주가리 등이 있는데, 대한민국 국민 누구나 한 번쯤 종족 번식에 기여했을 민들레 씨앗을 떠올리면 그 모양을 가늠하기 수월하다. 갓털이나 포라고 불리는 씨앗의 날개는 얕은 바람에도 잘 날도록 얇고 가볍다.

나무 중에는 단풍나무, 느릅나무, 물푸레나무, 튤립나무 등도 날개 달린 열매를 만든다. 그중 헬리콥터 날개의 모티브가 된 단풍나무 씨앗의 비행은 가을이 선사하는 장관 중에서도 가히 압권이다. 또 튤립나무 씨앗은 나이키 로고를 닮은 길고 날렵한 날개를 가져 아름다운 비행을 선보인다.

속씨식물만 날개 달린 열매를 만드는 것도 아니다. 겉씨식물에 속하는 소나무는 솔방울 실편 사이사이에 날개 달린 솔씨를 숨겨두는데, 적당한 때가 되면 꼭 맞물린 실편이 벌어지면서 얇고 고운 날개를 단 씨앗이 잔바람을 타고 먼 데까지 날아간다.

"이 세상에서 가장 멀리 나는 씨앗은 어떤 모습일까요?" 가을에 생태 글짓기 수업을 할 때면 한 번쯤 이 주제를 다루는데 매번 호응이 좋다. 글짓기를 하기 전, 우선 날개 달린 열매를 직접 관찰하도록 모든 참가자에게 박주가리 씨앗을 한 움큼씩 나누어 준다. 납작하고 둥근 씨앗 끝에 새의 깃털 같은 갓털이 수북이 달린 박주가리 씨앗을 손바닥에 올리고 날숨으로 후 불어 날리게 한다. 그럼 일대는 하얀 털을 단 씨앗이 바람 따라 춤추는

환상 숲이 된다.

자칫하면 부서지기 쉽고 그 수가 적은 벽오동이나 피나무 씨앗은 참가자 중 한 명이 대표로 나와 공중으로 던지게 한다. 한동안 풀씨와 나무 씨앗의 비행에 푹 빠진 참가자에게 식물은 새도 아닌데 왜 씨앗에 날개를 만드는지 물어본다. 식물은 어쩌면 새가 진화한 결과물 중 하나라거나 바다를 건너고 싶기 때문이라는 등 기발한 답이 쏟아진다.

나의 질문에 답하려 날개 달린 씨앗을 한 번 더 유심히 관찰한 참가자는 하나같이 글을 쓰고 싶은 얼굴이 된다. 각자 한 그루 나무가 되어 세상에서 가장 멀리 날아가는 씨앗을 구상한다. 어떤 참가자는 자신의 발상이 너무 재미난지 혼자 킥킥거리기도 하고, 옆 사람을 쿡 찔러 자랑도 한다.

그중 몇몇 인상 깊은 씨앗이 있었다. 한 청년의 씨앗은 땅이 아니라 비행기 날개에만 내려앉는다. 그 덕에 오대양 육대주를 자유롭게 여행한다. 새의 깃털 사이에 들어가면 딱 맞게 생긴 한 청소년의 씨앗은 새가 날개를 터는 그곳에서 움트도록 설계되었다.

어느 어린이의 씨앗은 용의 이빨과 발톱을 닮은 두 가지 모양이었다. 용이 하품을 하거나 땅을 박차고 오를 때 (기존의 이빨과 발톱은 어디로 가는지 모르겠지만) 용의 이빨과 발톱 자리에 자리 잡는다는 씨앗은 용을 따라 천상과 지상을 자유로이 오가다가 용이 불을 뿜을 때 떨어져 나간다. 더 기발한 대목은 그 열기로 어디서든 싹을 잘 틔운다는 점이다.

박주가리 씨앗처럼 날개 달린 풀씨는 멀리 날아간다. 1그램도 안 될 작은 씨앗은 자신의 수십 배에 달하는 날개를 가졌기에 잔바람에도 높이 날아올라 온 하늘로 흩어진다. 지켜보는 이의 마음까지 자유롭게 만드는 미지의 비행을 시작한다.

글짓기 수업 때는 상상의 폭을 넓히려 '가장 멀리 나는'이라는 조건을 걸지만 현실의 나무 씨앗은 그리 멀리 가지 못한다. 풀씨에 비하면 씨앗 자체가 크니 날개도 그만큼 커야 하지만 풀씨처럼 씨앗의 수십 배에 달하는 날개를 단 나무 씨앗은 드물다.

그럼에도 나무가 날개를 만드는 이유는 적어도 그늘 넓은 본 나무에서 조금이라도 떨어지는 편이 낫기 때문이다. 본 나무가 이미 물과 빛을 선점했기에 씨앗이 싹 트기도, 행여 싹 튼다 해도 잘 자라기 어려운 탓이다. 이처럼 작은 변화로 무한한 가능성을 꿈꾸는 나무의 씨앗은 최소치의 절망을 피하는 데서 최대치의 희망이 싹튼다는 사실을 일깨운다.

때로 우리는 절망의 늪에 빠진다. 우울감, 불안감, 무력감, 허탈감에 사로잡혀 사는 게 사는 게 아닌 듯한 날을 살아간다. 어두운 늪에서 허우적대다 숨이 막히곤 한다. 어떻게든 벗어나려 하지만 혼자만의 힘으로 그곳을 빠져나오기란 쉽지 않다.

그런 때에는 늪 밖으로 한 걸음 내미는 의지와 힘이 필요하다. 만약 그 힘이 모자란다면 나무 씨앗처럼 동그랗게 말려 있던 작은 날개가 당신을 도울지 모른다. 그 날개를 펼쳐 사뿐히 날아오르면 다시 첫걸음을 떼고 싶은 그곳에 안착하리라.

소나무

"때로는 고립도 필요해"

제주 집 근처에는 관광지가 많다. 자동차로 10여 분 거리에 송악산과 산방산, 사계해변과 용머리해안이 자리한다. 모두 이름난 관광지라 반드시 한갓진 시간에 가야 할 곳들이다. 앞선 관광지에 비해 추사관은 대체로 한가롭다.

관광객에게 그리 인기가 많지도 않고 주차장까지 넓어 자주 가는 곳이다. 멋스러운 건물 또한 추사관을 자주 찾게 만드는 매력이다. 추사관 설계를 맡은 건축가 승효상은 세한도에 등장하는 건물의 모습을 재현했다더니, 단정한 추사관과 호위 무사처럼 그 앞을 지키는 소나무 두 그루는 진정 '21세기 세한도' 그 자체다.

일 때문에 3년째 제주에 살며 틈틈이 문화 예술 강연을 찾아 듣는 소정 선배가 언젠가 제주의 유배 문화를 상세히 알려준 적이 있다. 전직 기자답게 어찌나 정리를 잘하는지 한참 동안 선배의 이야기에 빠져들었다. '한양에서 제주까지 오는 길이 얼마나 험했을지 상상해 보라'는 말에는 끝내 짧은 탄식을 내뱉었다.

지금 제주는 서울에서 비행기 타고 한 시간 남짓이면 오가는 곳이지만, 19세기 제주는 한양에서 수레 타고 몇 날 며칠 어느 포구까지 가 그곳에서 다시 언제 뒤집힐지 모를 목선 타고 가야 할 곳이었다. 게다가 죄의 경중에 따라 유배지까지의 거리가 정해졌다고 하니 그가 제주로 떠나는 마음은 지금 우리가 '제주도 여행이나 갈까' 하는 마음과 지극히 달랐을 테다.

추사는 대대로 명문가 자손이었다. 고조부는 영의정, 증조부는 왕의 사위, 아버지는 이조판서였고, 윗대에 비하면 약하지만 본인 또한 병조참판을 지냈다. 그는 학자이자 서예가로 이름을 드높였으나 가화에 휘말려 귀양을 떠나야 했다. 사랑하는 아내와 친구를 잃어도 한달음에 가볼 수 없는 먼 곳에서 8년이 넘는 기나긴 유배 생활을 했다.

한편으로는 그 고난의 시간이 있었기에 국보로 지정된 세한도를 남기고 추사체를 완성해 소동파에 비교되는 경지에 이르렀으며, 비록 높은 관직에 오르지 못했으나 조선왕조실록에 그 죽음이 기록될 정도로 인정받았다고 보는 견해도 있다. 하지만 그 시절 추사에게 최고의 경지를 담보할 테니 유배를 택할 텐지 물으면 과연 무어라 답할까.

추사관이 자리한 서귀포시 대정읍 안성리처럼 관광업보다 농업에 종사하는 인구가 현저히 많은 우리 마을의 일과는 철저히 해를 따른다. 해 뜰 무렵이면 경운기나 트랙터 소리가 온 마을을 깨운다. 동박새보다 일찍 하루를 시작한 농부는 해 질 녘까지 밭에서 지내다가 해가 수평선 너머로 사라질 무렵 집으로 돌아간다.

해가 지면 하루도 진다. 석양빛이 사라질 때쯤이면 온 마을에 이불 까는 소리가 들린다. 초저녁만 되어도 사위가 고요하고, 새까만 마분지를 마주한 듯 칠흑뿐이다. 짙은 어둠이 숨 막혀 바닷가를 마구 달렸다던 소정 선배의 일화는 곧 나의 일화가 되었다.

육박하듯 다가온 어둠이 사방을 에워싼 어느 밤, '나는 스스로를 유배시킨 건가' 혼잣말이 툭 튀어나왔다. 모든 소리를 집어삼킨 듯한 적막 속에서 대한민국 맨 아래의 큰 섬, 그 섬에서도 최남단 마을, 그 마을에서도 외떨어진 집에 사는 현실이 아스라했다. 무엇으로도 달래지지 않는 고독의 정수리를 마주한 채 긴 유배의 밤을 보냈다.

아리따운 섬휘파람새 울음소리에 눈을 뜬 다음 날 아침, 새소리에 놀라 달아났는지 어젯밤의 깊은 외로움은 어데 가고 '때로 유배도 필요하네' 경쾌한 외침이 터져 나왔다. 서울에서는 아침마다 울어대는 까치 소리가 성가시기만 했는데 외딴 마을의 새소리는 세상 듣기 좋은 알람이다.

돌이켜 보면 불과 얼마 전까지만 해도 상쾌한 아침은 판타지에 가까웠다. 두 눈 가득 인공 누액을 넣으며 무거운 하루를 열었다. 잠도 덜 깬 채 밤새 올라온 페이스북과 인스타그램 게시물을 확인하고 페친과 인친의 게시물에 '좋아요'를 누르거나 댓글을 달았다. 어딘가로 이동하는 짧은 사이에도 SNS와 이메일을 번갈아 보며 관계와 일에 집착했다.

제주에 오면서 SNS를 끊었다. 딱히 알릴 거리도 없었다. '홀로 사는 사람은 고독할 수는 있어도 고립되어서는 안 된다. 고독에는 관계가 따르지만 고립에는 관계가 따르지 않는다'는 법정 스님의 말씀을 수시로 떠올렸지만, 실천하지는 않았다.

그리고 자문했다. '이 시대에 스스로를 고립시키지 않는다면 진정 고독할 수 있을까.' 거리 두기를 잘하는 사람이라면 몰라도 나에게는 불가능한 일이다. 끊임없이 고독하지 않은 상태를 추구하며 사람과의 거리든, 일과의 거리든 좁히려 했을 것이 뻔하다.

고립이 주는 달콤함은 또 있다. 자연스럽게 불편한 관계가 정리되었고, 내가 누구인지 보다 정확히 알게 되었다. 쭉정이가 사라진 빈자리에는 기꺼운 무언가가 들어차기 시작했다. 여차하면 탁한 감정에 휩싸여 누군가 비난하고 무언가 원망하는 대신 넋 없이, 덧없이 구름의 형상과 새의 비행을 우러러보았다. 글을 다시 쓰려는 마음도 고립에서 생겨났다.

소나무를 만나러 다시 추사관을 찾았다. 고립의 형벌을 받은 추사의 유배지에 스스로 고립을 택한 소나무는 참 잘 어울린다. 숲은 그 구성원이 경쟁, 또는 타협하며 공생하는 곳인데 소나무는 홀로 살거나 소나무끼리만 모여 숲을 이룬다. 느티나무 숲은 드물어도 국어사전에 따로 등재될 정도로 솔숲은 흔하다.

때로 깊은 숲속, 여러 나무와 가까이 사는 소나무를 본다. 그런 나무 중에는 가지가 잘리고 줄기가 휘고 솔잎이 누렇게 뜬 경우가 많다. 그 이유는 햇빛을 가리면 온전히 살지 못하며 결국 죽어버리는 극양수, 소나무에게 다른 식물과의 햇빛 경쟁은 무척 위험한 일이라서다.

소나무는 뿌리에서 특유의 화학 성분을 내뿜어 다른 식물이

가까이 살지 못하게 한다. 타자가 느끼게 한다는 뜻에서 이를 타감他感 작용이라 부르는데, 소나무는 이 타감 작용이 강한 나무로 그 성분이 어찌나 센지 자신의 씨앗조차 본 나무 아래에서 싹을 잘 틔우지 못한다고 한다. 타감 작용 탓에 고립되었지만 그 덕에 벼랑 끝에 홀로 우뚝한 낙랑장송이 된 소나무의 생애는 어딘지 추사의 삶과 겹쳐진다.

소나무도 아니면서 다른 누군가와 어우러지려고 애쓰는 일이 오히려 내게 독이 된 때가 있었다. 그럼에도 멈추지 못하고 타인에게 집중하며 관계 맺기에 집착했다. 그 굴레에서 한 걸음 떨어져 나와 나에게 집중하자 '스스로 온전해야 진정 어우러져 살아갈 힘이 생긴다'는 진리가 다가왔다.

내가 가진 바, 원하는 바, 꿈꾸는 바는 무엇인지, 고로 나는 누구인지 곰곰이 생각할 시간과 그 생각을 이끄는 공간이 생기면서 그러한 깨달음을 얻었다. 그러니 때로 뚝 떨어진 고립의 시간, 외톨이가 될 공간도 필요하다.

참나무과
"마음만 맞으면 가족이지"

'뀌어라 뀌어라 뽕나무! 참아라 참아라 참나무!' 어릴 때 동네 아이들이 자주 부르던 노래의 한 구절이다. 이후 통 못 듣다가 숲 놀이를 배우면서 다시 들었는데, 알고 보니 유구한 역사를 가진 〈나무타령〉이라는 노래였다.

'따끔따끔 가시나무! 십리 절반 오리나무! 동지섣달 사시나무!'처럼 이 노래는 나무 이름을 소재로 한 언어유희의 결과물로 마음대로 지어 부르기 쉽다. '세탁소가 싫어 구기자나무! 일단 살고 보자 살구나무! 유럽에서 왔나 푸조나무!'

사실 나무타령은 시선을 끄는 미끼였을 뿐, 여기서 문제! 앞선 첫 단락에 등장하는 나무 중 이 세상에 존재하지 않는 나무는 무엇일까. 바로 참나무가 참이다. 참나무는 참나무과 참나무속에 속하는 여러 나무를 아울러 이르기도 하지만 참나무라는 종 자체는 없다는 사실은 숲 공부를 하면서 알게 된 수만 가지 놀라운 정보 중 하나다. 나무타령뿐 아니라 참나무가 등장하는 문학 작품도 수없는데, 아예 세상에 없는 나무라니 어찌 아니 놀랄까.

우리나라에 사는 참나무과 나무는 대략 20여 종이다. 우선 이름에 밤나무가 들어가는 3종(너도밤나무, 밤나무, 구실잣밤나무)이 산다. 다음으로 중부 지방에 많이 살며 이름에 '참'이나 '갈' 자가 들어가는 낙엽 활엽성의 6종(갈참나무, 굴참나무, 졸참나무, 떡갈나무, 신갈나무, 상수리나무)은 흔히 '참나무 육형제'라고도 불린다.

남부 지방에 많이 살며 이름에 '가시'라는 단어가 들어가는 상록 활엽성의 6종(가시나무, 개가시나무, 종가시나무, 졸가시나무,

참가시나무, 붉가시나무)은 '가시나무 육형제'라고도 불린다. 이 중 제주에서만 산다는 가시나무는 최근 들어 영 보기 힘들어졌고, 호랑가시나무(감탕나무과)와 홍가시나무(장미과)는 이름에 가시가 들어가지만 다른 집안 자손이다.

같은 참나무과에 속해 여러모로 비슷한 구석이 많지만, 참나무 육형제와 가시나무 육형제는 저마다 잎과 꽃, 도토리 모양이 다르다. 형제라서 그런지 다 모여 있으면 구분하기가 좀 나은데, 한 나무만 놓고 보면 단박에 알아보기 어렵다.

확실한 구분점을 익히려 애써 도감을 찾을수록 더 헷갈렸다. '갈참나무는 떡갈나무나 신갈나무에 비해 잎자루가 길며, 졸참나무는 갈참나무에 비해 잎이 작고, 신갈나무는 졸참나무나 갈참나무에 비해 잎자루가 매우 짧고 떡갈나무는 신갈나무에 비해 잎이 크다.' 누가 한 가족 아니랄까 봐 참으로 얽히고설킨 관계다.

1인 가구로 살아온 내내 그러했지만 아예 가족과 떨어져 제주에서 홀로 지내는 요즘 들어 가족에 대해 생각할 때가 많다. 현재 우리나라 가구 중 1인 가구가 30퍼센트를 넘는다는데도 여전히 혼자 사는 사람을 이상하게 혹은 불행하게 바라보는 시선을 느낄 때면 그 생각이 깊어진다.

분명 초면인데도 결혼이나 자녀 여부를 묻지도 않은 채 (굳이 물을 필요도 없지만) 내 연배를 어림하고는 '자녀가 몇이에요? 애가 몇 살인데요? 애들 학교 때문에 이 동네로 이사 왔나 봐요' 같은 말을 하는 사람이 의외로 많다. 통계와 달리 마치 '1인 가족'이 극소수는 아닐까 하는 합리적 의심이 든다.

실은 외부의 시선과 상관없이 '가족의 필요'를 절실히 느낄 때도 많다. 혼자 일어나 혼자 아침 먹고 혼자 집을 치우고 혼자 빈집에 돌아와 혼자 저녁을 맞고 혼자 잠드는 일 모두 너무나 익숙한데, 불시에 덤벼드는 외로움은 영 익숙해지지 않는다. 그럴 때면 누군가 나의 일상을 함께하며 서로의 목격자이자 보호자가 되면 좋을 텐데, 아쉬운 마음이 든다.

부고장의 망자가 예전에는 친구의 조부모였다가 언젠가부터

부모로 바뀌더니 요즘 들어 선후배나 동기가 고인이 되었다는 소식이 들린다. 가는 데 순서 없다는 나이 지긋한 조문객의 장탄식을 들을 때면 어쩌면 다음 차례는 나일지도 모른다는 마음마저 든다. 내 마지막을 지켜보고 내 남은 자리를 정리해 줄 누군가의 존재가 간절해진다.

언젠가 반려의 뜻을 찾아본 적이 있다. 짝 반伴에 짝 려侶 자를 쓴다는 점이 무척 마음에 들었다. 나와 인생을 함께 살아갈 짝으로 누가 적당할까. 무딘 바늘귀와 날선 바늘 끝을 오가는 감정의 극락과 나락을 동시에 가진 나에게 과연 누가 좋은 짝이며, 나는 또 누구에게 좋은 짝일까.

아무래도 깊은 속내까지 간파하는 듯한 신통한 알고리즘의 추천으로 얼마 전 〈그들이 진심으로 엮을 때〉라는 영화를 보았다. 평소 좋아하는 영화 〈카모메식당〉과 〈안경〉을 만든 감독의 작품이라 더욱 끌렸다.

영화는 한 소녀가 새 남자친구를 따라 가출한 엄마가 남긴 편지를 찢는 장면으로 시작한다. 갈 곳 없던 소녀는 삼촌 집에서 처음으로 트랜스젠더 숙모를 만나고 당황한다. 막상 지내보니 숙모는 따뜻한 사람이고 소녀를 진심으로 사랑한다. 그렇게 세 사람은 하나의 가족이 되어가고, 결국 삼촌과 숙모는 영영 소녀와 함께하려 하지만 그 무렵 돌아온 엄마가 소녀와 함께 떠나는 장면으로 영화는 끝난다.

나도 어린 시절에는 부부와 자녀로 구성된 집단만을 가족이라 여겼다. 하지만 이제는 반려자가 꼭 다른 성별일 필요도 없으며, 취향과 뜻이 맞는 동성 친구나 동지, 혈연으로 묶이지 않은 자녀여도 좋겠다는 마음이다. 영화 속 숙모와 소녀처럼 책임과 의무보다 진심으로 엮인 관계가 진정한 가족이지 싶다.

그러한 반려자도 좋지만 내게 그보다 꼭 생겼으면 하는 짝은 실은 반려묘다. 20여 년을 함께 살아본 바 내게 가장 잘 맞는 짝은 고양이라는 결론에 이르렀다. 자존감이 높고 자기애가 강하며 자신만의 영역과 일상을 가진 고양이는, 그렇지 못한 내게 가장 알맞은 짝이다.

분명 이름이 존재하고 그 이름 또한 널리 불리지만 실제 참나무는 존재하지 않듯 한때 내가 꿈꾸던 가족, 지극히 평범한 가족 또한 다 허상 같다. 이제는 겉모습이 아니라 마음의 생김새가 닮은, 혹은 닮아가고 싶은 존재와 진심으로 엮인 관계, 그런 가족을 이루고 싶다.

감나무
"잠시 쉬어감이 어떠리"

서울살이가 힘들 때면 세상 가장 편한 친구, 정애에게 하소연하곤 한다. 수업 시간에 떠들다 벌서면서도 서로의 모습이 재밌다고 낄낄대다 함께 복도로 쫓겨나던 40년 지기는 어느새 두 아들의 엄마가 되었다. 비록 사는 곳의 거리는 4백 킬로미터가 넘지만 알고 지낸 시간의 길이는 그 거리를 메우고도 남는다.

지난여름, 유독 내 하소연이 길었던지 정애가 양산 신도시로 옮긴 새집에 와 며칠 쉬었다 가라 했다. 오랜 친구는 힘들 때일

수록 잘 먹어야 한다며 생전의 외할머니처럼 매끼 융숭한 밥상을 차려주고, 물 좋고 숲 깊은 데로 데리고 다녔다. “어데 또 가고 싶은 데 없나?” 정애의 물음에 순간 고향 마을이 떠올랐다. 지금껏 토마토를 내 돈 주고 사 먹기 어색하게 만든 그곳.

태어나 20여 년간 나는 줄곧 부산 사람도 부산인 줄 모르는 부산의 외곽 지역, 김해평야 한가운데 살았다. 온통 논밭에 에워싸인 마을에는 너른 강줄기가 흘렀다. 농업용수를 끌어오기 좋게 일대의 마을은 강줄기를 따라 띄엄띄엄 자리했다.

우리 마을은 그 유명한 대저토마토의 주산지 한가운데 있어 등하굣길에 입이 심심할 때면 아무 밭에나 들어가 토마토를 따 먹었다. 그러면 마을 이웃이거나 친구 아버지인 농부는 배고픈 서리꾼을 나무라지 않고 ‘더 잘 익은 토마토 옜다’며 골라주곤 했다.

토마토 농사를 짓지 않는 우리 집도 이 집 저 집에서 가져다주는 통에 정작 농부보다 토마토를 많이 먹었다. 처음에는 싱싱한 맛에 날로 먹다가 질리면 잼을 만들어 먹고 그래도 남아돌면

닭장에 휙 던져주곤 했다.

강과 마주한 우리집은 서쪽으로 대나무 숲, 동쪽으로 탱자나무 숲에 둘러싸인 천연의 보금자리였다. 마당 면적의 대부분을 차지하는 건 텃밭이었고, 동서로 긴 밭고랑 끝에는 남북 방향으로 낙동강이 흘렀다. "서울서 전화 왔어요!" 밭에서 풀 뽑던 엄마를 목청껏 부르다가 결국 운동화 뒤축을 구겨 신고 길고 좁은 밭고랑을 뛰어가던 기억이 난다.

밭이랑마다 배추, 무, 고추, 파, 감자, 고구마, 옥수수 등 온갖 채소가 자랐고, 밭 둘레에는 과실나무가 많았다. 여름에는 앵두를, 가을이면 배를 배터지게 먹었다. 모과와 석류가 제 무게를 못 이기고 툭 떨어지면 곧 겨울이 왔다.

감나무도 다섯 그루나 되었다. 학교에서 돌아오면 마루에 책가방을 던져놓고 곧장 감나무로 달려갔다. 자칫하면 쐐기벌레에 물려 곤욕을 치르면서도 번번이 다시 올랐다. 겉보기에는 마르고 약해 보여도 탄력 있는 나뭇가지를 타는 재미가 쏠쏠했다.

여름내 이파리처럼 푸르던 감이 차츰 노란빛에서 주황빛으로, 다시 붉은빛으로 익어가는 모습을 지켜보는 일은 어린 눈에도 꽤 보람찼다. 한참 놀다 허기지면 나뭇가지에 걸터앉아 개중 잘 익은 감을 따 반짝반짝 윤이 나도록 바지에 문질러 베어 물었다. 잘 익은 감은 과자와는 다르게 옹골찬 단맛이 났다.

오랜만에 찾은 고향 집은 꽤 변한 모습이었다. 이제는 남의 집이라 차마 들어가 보지는 못하고 탱자나무 너머에 선 채 어물거렸다. 저 너머 감나무는 그대로였지만 어쩐지 결실이 좋지 않아 보였다. 어렸을 때도 한두 해 걸러 한 번씩 감이 부실하게 열리곤 했다. 개수는 적고 씨알은 작고 단맛은 덜했다. 쇠한 감나무의 모습에 괜히 헛헛해져 혼자 중얼거렸다.

"감이 또 해거리하네. 토마토는 매년 잘만 열렸는데."

"비닐하우스에 해거리가 우데 있노?"

내 혼잣말에 정애는 큰 소리로 대꾸했다. 정애의 말대로 토마토는 노지가 아니라 비닐하우스에서 자랐다. 농부는 행여 춥고 더울까 봐 해 질 녘마다 비닐하우스에 짚을 엮은 거적을 덮고 해 뜰 녘마다 걷는 수고를 아끼지 않았다. 행여 토마토가 시들할까 봐 긴 호스를 끌어다 물을 주고, 혹시 덜 여물까 봐 비료와 농약을 때맞춰 뿌렸다. 온실에서 과잉보호 받는 토마토에게 해거리는 남 일이었다.

그날 밤, 소주잔을 기울이다 정애가 물었다.

"니도 올해 해거리하는 거 아이가?"

"사람도 그런 걸 하나?"

"너무 매 달린다 싶더라. 쉬엄쉬엄 가라. 그래야 오래간다."

그날따라 정애는 맞는 말만 했다. 정말이지 나는 나를 너무 혹사시켰다. 한 달에 한 권씩 잡지를 만드는 일에 비하면 1년에 단행본 한 권 내는 일이 뭐 그리 어려울까 싶었다. 헤아려 보니

작정하고 책을 쓴 2015년부터 매해 책을 냈다. 게으름과 여유로움을 구분하지 못한 채 쉴 틈 없이 일만 했다.

막상 휴식 시간이 생겨도 제대로 즐기지 못한 채 조바심을 냈다. 다음에는 어떤 책을 쓸지, 책은 수입원이 되지 못하니 따로 어떤 수입원을 마련할지 고민하며 종종거렸다. 결국 매달 잡지를 세 권씩 만드는 편집 대행 회사를 차리고 책방까지 열었는데도 불안감을 떨치지 못했다.

같은 마음으로 강연과 원고 제안도 대부분 수락했다. 사진과 동영상 촬영을 싫어하면서도 인터뷰 제안이나 방송 출연도 내치지 않았다. 그렇게 라디오 출연 제의에도 응했다가 아예 고정 코너를 맡았다. 거절의 기억은 한 손으로 꼽아도 두어 손가락 남을 정도로 적었다.

어느 평범한 수요일, 평소와 다름없던 그 아침에 나는 책방으로 가는 골목길에서 정지선 앞에 선 듯 갑자기 멈춰 섰다. 그대로 주저앉으면 당장이라도 사라질 듯 정신이 아득해졌다. 선 자리에서 한 발짝도 뗄 수 없었다. 한마디로 '탈진의 습격'이었다.

그날 이후, 모든 게 다 부질없다는 생각이 자욱했다. 정체를 알 수 없는 뿌연 기운이 머릿속에 가득했다. 무얼 봐도 흥미롭지 않고 어떤 얘기에도 심드렁했다. 종일 누워 지내도 피로가 가시지 않았다. 불면 날아갈 재가 된 느낌이었다. 우리말로 소진 증후군, 번아웃Burnout Syndrome이었다.

무기력을 벗어나려 애쓰던 중 불현듯 사촌오빠가 떠올랐다. 중학교 1학년 여름방학 때 서울 큰집에 놀러간 적이 있다. 짐을 두고 바로 사촌오빠가 운영하는 미술학원으로 갔다. 원장실에는 오빠가 그린 멋진 그림이 가득했다. 우리 가족 중에 미술을 잘하는 사람이 있다는 사실이 신기하고 뿌듯했다.

"이 그림 다 오빠야가 그린 거가? 오빠야 혹시 예술가가?"

나의 실없는 질문에 배시시 웃던 오빠는 친절한 서울말로 조곤조곤 설명해 주었다.

"모든 예술가는 어느 지점까지는 다 기술자야. 기본기를 다진 다음 자기 세계가 생기면 그때 예술가가 될 수 있지. 그러니까 오빠는 예술가 아니야."

기자 시절 가끔, 지금은 미국으로 이민 가 미술과는 거리가 먼 일을 하는 사촌오빠의 말이 떠올랐다. 기사 주제와 분량이 정해지면 그 기사를 쓰는 데 얼마나 걸릴지 뚝딱 가늠하다가 문득, 얼개도 짜지 않고 습관대로 키보드부터 두드리다가 문득, 여러 편의 책을 낸 작가가 되고도 수시로 오빠의 말을 떠올리며 자문했다. '나는 아직 기술자인가.'

돌이켜 보면 내가 곧 작품의 곳간인데 쌀 떨어진 줄도 모르고 노상 퍼다 먹기만 했다. 제대로 된 거름도 주지 않으면서 실한 알곡만 얻으려 했다. 다디단 결실을 얻으려면 나를 잘 보살펴야 하거늘 그 누구보다 나에게 소홀했다.

결국 소진 증후군은 결핍을 알리는 신호였다. 휴작과 윤작으로 논밭에 쉴 틈을 주듯 몸과 마음도 쉬어야 한다는 전갈이었다. 나무가 해거리로 더 나은 결실을 위해 숨을 고르듯 나도 잠시 쉬어가기로 했다. 어린 시절처럼 단감 한 입 베어 무는 여유를 즐기며 다시 곳간을 채우기로 했다.

나무가 해거리로 더 나은 결실을 위해
숨을 고르듯 나도 잠시 쉬어가기로 했다.
어린 시절처럼 단감 한 입 베어 무는 여유를 즐기며
다시 곳간을 채우기로 했다.

화살나무

"내 아래 내가 쌓인다"

후배 기자 윤은 마음결이 고운 친구다. 다친 길 고양이를 동물병원에 데려가고 산길에 떨어진 휴지를 주워 제 가방에 넣는 착한 아이다. 다만 기사를 쓸 때도 취재 대상을 너무 따스한 시선으로만 바라보아 사수 선배에게 종종 꾸지람을 받았다. 나는 시무룩해진 윤에게 남다른 감성을 개성으로 발전시키라며 힘을 실어주곤 했다.

안타깝게도 윤과 한 매체를 만들면서 뒤늦게 사수 선배의 심정에 공감하고 말았다. 윤은 정보성 기사를 쓸 때도 감정을 주제하지 못했다. 한번은 부산역에서 태종대까지 가는 버스 편을 정리하랬더니 그곳에 도착하면 마주할 풍경과 감상을 묘사하는 데 공들였다.

'부산역에서 태종대까지 가는 88번 버스를 탔지만 영도다리를 건너자마자 내릴 수밖에 없었다. 영도는 분명 섬이었으나 섬이 아니었다. 마주한 남포동과 중앙동, 암남동, 감만동과 이어지는 네 개의 대교처럼 그곳의 풍경은 내 마음에도 다리를 놓았다.'

윤에게 객관화할 수 없는 내용은 독자에게 혼선을 주니 자제하라며, 틈날 때마다 신문 기사를 정독하라고 권했다. 영화 비평도 도움이 된다며 몇몇 영화지를 추천했다. 당시 읽던 윤여일의 《여행의 사고》라는 책도 가져다주었다. 윤은 들뜬 표정으로 선배의 말을 따라 좋은 글 많이 읽고 멋진 기사를 쓰겠다고 다짐했다.

하지만 어쩐 일인지 몇 달이 지나도록 윤의 기사는 나아지지 않았다. 무대에 오르기 전의 뮤지컬 작품을 미리 소개하는 기사에 '커튼콜조차 작품의 한 장면으로 보이리라, 그날의 감동은 영

생토록 당신을 따르리라'는 단정과 예견이 어떻게 가능한지 물었다. 적잖이 난처한 표정의 윤은 솔직히 고백했다. 어떤 기사든 자신의 개성이 드러나지 않는 문장은 한 줄도 쓰고 싶지 않다고. 언젠가 자신도 그런 작가가 되고 싶다며 바다 건너 사는 유명 작가의 이름을 꺼냈다.

하지만 그러기에 윤의 글은 기초가 부실했다. 소재는 부적당하고 주제는 불분명했다. 문장의 주술 관계가 맞지 않고 문장 간에는 맥락이 없었다. 오탈자조차 무수했다. '뼈가 있어야 살이 붙는다, 기본기 없이 화려한 외양만 추구하는 글은 좋은 글이 아니다, 너는 지금 작가가 아니라 기자다' 등의 이야기를 차마 전하지 못하고 그저 윤을 애처로이 바라보았다. 오늘의 노력 없이 빛나는 내일을 공상하는 윤은 사실 과거의 나를 기반으로 만든 가공의 인물이다.

8년 전, 처음 숲을 배우기 시작한 계절은 겨울이었다. 거대한 침대처럼 고요할 줄 알았던 겨울 숲은 어느 계절처럼 생동하는 유기체였다. 그곳에서 겨울눈을 처음 보았다. 나무의 전체 크기에 비해 무척 작은 크기의 겨울눈은 자루에 달린 잎이나 꽃, 열매와 달리 줄기나 가지에 붙어 앙증맞게 자라기에 잎이나 꽃, 열매가 열리는 계절에는 잘 보이지 않는다. 그래서 겨울에 관찰하기 수월하다.

지금은 사진을 찍어 올리면 단박에 그 식물의 이름을 알려주는 사이트나 앱이 많지만, 당시에는 상상도 못할 일이었다. 6백여 종이 넘는 한국의 나무 중 이 나무가 어떤 나무인지 밝히는 일은 복잡한 미로 한가운데서 출구를 찾는 일처럼 막막했다.

한 나무의 정체를 아는 데 한두 시간은 기본이고, 종일 밝히지 못한 채 돌아서는 일도 허다했다. 같은 과, 같은 속에 속하는 나무의 겨울눈은 얼핏 닮기도 해 더 헷갈렸다. 이를테면 '(참나무과의) 상수리나무는 (같은 과의) 떡갈나무보다 겨울눈이 작다'는 설명은 떡갈나무의 겨울눈을 모르는 상태에서는 혼란한 길잡이일 뿐이었다.

겨울눈 알아보기가 점점 더 어려워지자 다른 방도를 찾기 시작했다. 목이 꺾어져라 나무를 올려다보고 들여다보기를 그만 두고 밑동 주위에 쌓인 흔적을 뒤적였다. 바람에 여러 나무의 흔적이 뒤섞였을 줄 알았는데 대체로 여름내, 가으내 나무에 매달렸던 잎과 꽃과 열매는 그 나무 아래 고스란했다.

느티나무 아래에는 느티나무의 흔적이, 쥐똥나무 아래에는 쥐똥나무의 흔적이 쌓였다. 그처럼 사라지지 않은 기관의 일부는 나무의 정체를 밝히는 좋은 단서가 되었다. 꽃이나 열매는 시들거나 썩어 못 알아볼 때가 많았지만 대체로 생전의 형태대로 남는 잎과 자루는 반가운 '나무의 알리바이'였다.

한번은 삼청공원에서 벚나무인지 귀룽나무인지 무척 헷갈리는 나무를 만났다. 두 나무는 같은 장미과 나무로 겨울눈도 닮은 편이다. 꽃과 열매는 진작 사라지고 나무 아래 마른 잎만 무수했다. 벚나무에 비해 귀룽나무는 잎이 길쑴한 편이라 구분하기 쉬울 줄 알았는데 좀 애매했다. 선뜻 어떤 나무라고 결론 내리지 못하다가 낙엽 더미 사이에서 마른 꽃자루를 발견했다. 포도의 열매자루를 닮은 모양이 영락없는 귀룽나무의 꽃자루였다.

나무의 흔적에 고마움을 느끼며 숲 동무에게 몇 해 전 다녀온 교토의 한 사찰 정원 이야기를 들려주었다. 레고로 만든 듯 정갈한 정원은 무척 아름다웠다. 여유롭게 정원 산책을 하는데 어쩐 일인지 시간이 갈수록 점점 더 불편하고 어색해졌다.

불편한 기색의 동행도 나와 같은 마음이 들었다는데 둘 다 그 이유를 몰랐다. 그러다 산책길 끝에서 푸대에 낙엽을 쓸어 담는 관리인을 보고서야 우리는 깨달았다. 그 정원에는 나무의 흔적이 없었다는 사실을.

이처럼 겨울눈을 배우며 오히려 낙엽을 깊이 생각할 때가 많았다. 차가운 겨울 숲에서 메마른 겨울나무 밑을 수없이 헤집으며 곱씹었다. '낙엽은 나무의 오늘을 만든 어제의 자취다. 치울 수는 있으나 지울 수는 없는 시간의 탯줄이다.'

낙엽 하면 나는 은행나무나 단풍나무보다 화살나무가 먼저 떠오른다. 화살나무는 길가에 많이 심는 가로수 중 하나다. 초식 동물이 쉽사리 먹지 못하도록 두서너 개의 코르크질 날개가 발달한 가지 모습이 마치 화살을 닮았다 하여 그런 이름이 붙었다. 떨기나무에 속하는 화살나무는 가지치기에 강하고 단풍이 고와 길가나 정원에 많이 심는다.

숲 공부를 하려 경복궁을 자주 찾던 봄에는 궁궐의 동쪽에 선 건춘문 앞 길가에서 화살나무를 관찰하곤 했다. 도롯가 화단에 관상용으로 심은 나무는 언제나 네모반듯하게 정리된 모습이었다. 키가 낮아 관찰하기에는 좋았지만 전정가위에 날카롭게 잘려 나간 모습을 볼 때면 마음이 아렸다.

그해 가을, 건춘문과 마주한 궁궐의 서쪽 자리의 영추문에 갔다. 황금빛으로 물들었을 왕버들을 알현하려 영추문 주위를 서성이다 새빨갛게 불타오르는 나무를 보았다. 누가 불을 놓았나 싶도록 짙붉은 빛깔에 끌려 가까이 다가갔다. 분명 낯익은데 도통 못 알아보던 중, 함께 간 숲 동무가 소리쳤다. “어머머, 화살나무야!”

가지치기를 당하지 않아서 본성 그대로 자란 화살나무는 어지간한 소형차 크기만 했다. 어떠한 위협이나 자극이 없어서인지 가지의 코르크질 날개도 드문드문했다. 궁궐 담장을 기준으로 안팎에 사는 화살나무는 같은 종이라는 사실이 믿기지 않도록 영 딴판이었다.

이후 영추문 앞 화살나무를 보러 애써 경복궁을 드나들었다. 반송처럼 크게 잘 자란 모습도 멋졌지만, 그 아래 수북이 쌓인 붉은 나뭇잎이 무척이나 아름다웠다. 나무의 너비와 그늘만큼 내려앉은 붉은 낙엽은 '내 아래 내가 남는다'는 당연한 이치를 강렬하게 전했다.

그러한 진리를 모르는 바가 아니면서 때로 그 사실을 잊거나 잊으려 애쓰며 살았다. 차곡차곡 쌓아온 과거와 무관하게 벼락 같은 행운이 찾아오기를 바랐다. 책 읽기는 멀리하면서 새로운 글짓기의 장이 열리기를 고대하고 기록은 소홀히 하면서 어느 순간, 번쩍하는 영감이 찾아오기를 희망했다.

그 가을, 화살나무 붉은 낙엽은 요행을 기다리는 나에게 거대한 경고장으로 다가왔다. 과거의 나, 윤에게도 꼭 알려주고 싶은

붉은 두 문장을 남겼다. '어제의 내가 오늘의 나를 만들 듯 미래의 나는 오늘의 내가 만든다. 그러니 헛꿈 꾸지 말고 지금 스스로를 도우라.'

후박나무
"거리가 관계를 지킨다"

숲속은 바깥보다 기온이 낮거나 높다. 여름 숲은 선선하고, 겨울 숲은 따습다. 직사광선이 살을 찌르고 칼바람이 살을 엘 때라도 숲에 들면 예기치 못한 서늘함과 따사로움에 심신이 누긋해지곤 한다.

한여름 무더위에 지치거나, 한겨울 진초록이 그리울 때면 제주시 애월읍의 난대림을 찾는다. 특히 여름의 난대림은 숲 밖의 열기가 그리울 정도로 청량한 기운이 가득해 그 이름과 달리 얼음 창고가 따로 없다.

금산공원이라고도 불리는 이 숲은 1만 평 규모에 2백여 종의 식물이 살아가는, 사계절 내내 푸른 천연의 숲이다. 자연림의 고고한 자태를 가진 숲은 그 희귀성 덕분에 천연기념물로도 지정되었다.

난대림은 제주의 여느 곶자왈처럼 검은 현무암이 바닥을, 푸른 상록 활엽이 천장을 이룬다. 검은 바위에는 마삭줄, 후추등, 송악 같은 덩굴식물과 콩짜개덩굴, 고사리, 관중 같은 양치식물이 얽히고설킨 채 어우렁더우렁 살아간다.

난대림이 자리한 애월읍 납읍리는 제주에 흔치 않은 전통의 유림촌으로, 무속신앙의 당굿 대신 매년 정월 유교식 제사를 올리는 마을이다. 한 해 동안 마을의 무사 안녕을 기원하는 납읍리마을제는 무형문화재로 등록될 만큼 제주에서는 드문 양식이다. 숲은 제단을 중심에 두고 심장 모양을 이루는데, 마을을 지켜온 정신의 축과 실제 호흡 기관이 한데 모인 형상이라 더욱 오묘하다.

이 숲에 흔한 큰키나무는 후박나무, 종가시나무, 생달나무,

참식나무 등으로 중부 지방에서는 보기 힘든 남부 수종이다. 흙이 아니라 바위 사이에 뿌리를 내린 채 온 하늘을 가리도록 높이 자란 큰키나무는 그 이름값을 톡톡히 한다. 판 모양 뿌리 또한 뻔히 보고도 발부리가 걸려 넘어질 정도로 낯선 크기다.

펼친 우산처럼 둥글고 높은 숲 천장과 움푹 파인 숲 바닥 때문에 숲속은 마치 거대한 구 같다. 그 숲에 들면 아득한 공간감에 휩싸여 잠시 어질해지기도 한다. 어느 날, 숲의 한갓진 자리에 앉아 쉬다가 문득 희미한 빛의 근원을 좇아 하늘을 올려다보았다. 찬란한 빛줄기가 강물처럼 흐르는 풍경에 눈이 시렸다.

지상의 뿌리와 줄기는 제법 떨어져 있다손 쳐도 하늘 향해 자라는 나무의 최상부는 가지가 벌어지면서 서로 잇닿기 십상이다. 한데 같은 나무든 다른 나무든 무수한 이파리가 맞닿아야 할 부분에 칼로 그은 듯 선명한 긴 틈이 보였다. 그 틈으로 빛이 들자, 저마다 황금빛 윤곽선을 두른 잎 무더기는 조금씩 밀면 딱 맞아떨어질 퍼즐 조각 같았다.

얼추 비슷한 큰키나무가 서로 부딪히기 쉬운 최상부에서 일정한 거리를 두는 현상을 두고 영어권에서는 '크라운 샤이니스Crown Shyness', 한자어권에서는 '수관 기피樹冠 忌避'라 한다. 크라운과 수관은 나무의 상층부를 이르니 그렇다 쳐도 수줍음이나 기피라는 표현에는 어쩐지 고개를 갸웃거린다.

정말 나무가 이웃한 가지와 맞닿는 게 부끄러워 수줍게 한 발 뒤로 물러섰을까. 또 기피란 꺼리거나 싫어한다는 뜻으로, 여기에 미움까지 더한 혐오의 전 단계 정도에 해당하는 말이다. 입이야 심심할 수도, 허기야 달랠 수 있다 해도 다른 가지가 부끄럽고 싫어서 나무가 서로 거리를 둔다니 참으로 인간 중심의 작명이 아닌가.

큰키나무 사이에 빛줄기가 생기는 원인은 정확히 밝혀지지 않았다. 많은 학자가 수십 년간 연구를 거듭했지만 높게는 수십 미터에 달하는 나무의 최상부를 관찰하거나 연구하는 일은 쉽지 않아 가설만 무수하다. 그나마 바람과 빛을 주요 원인이라고 꼽는 설이 유력하다. 마치 칼로 재단한 듯 일정한 최상부의 간격

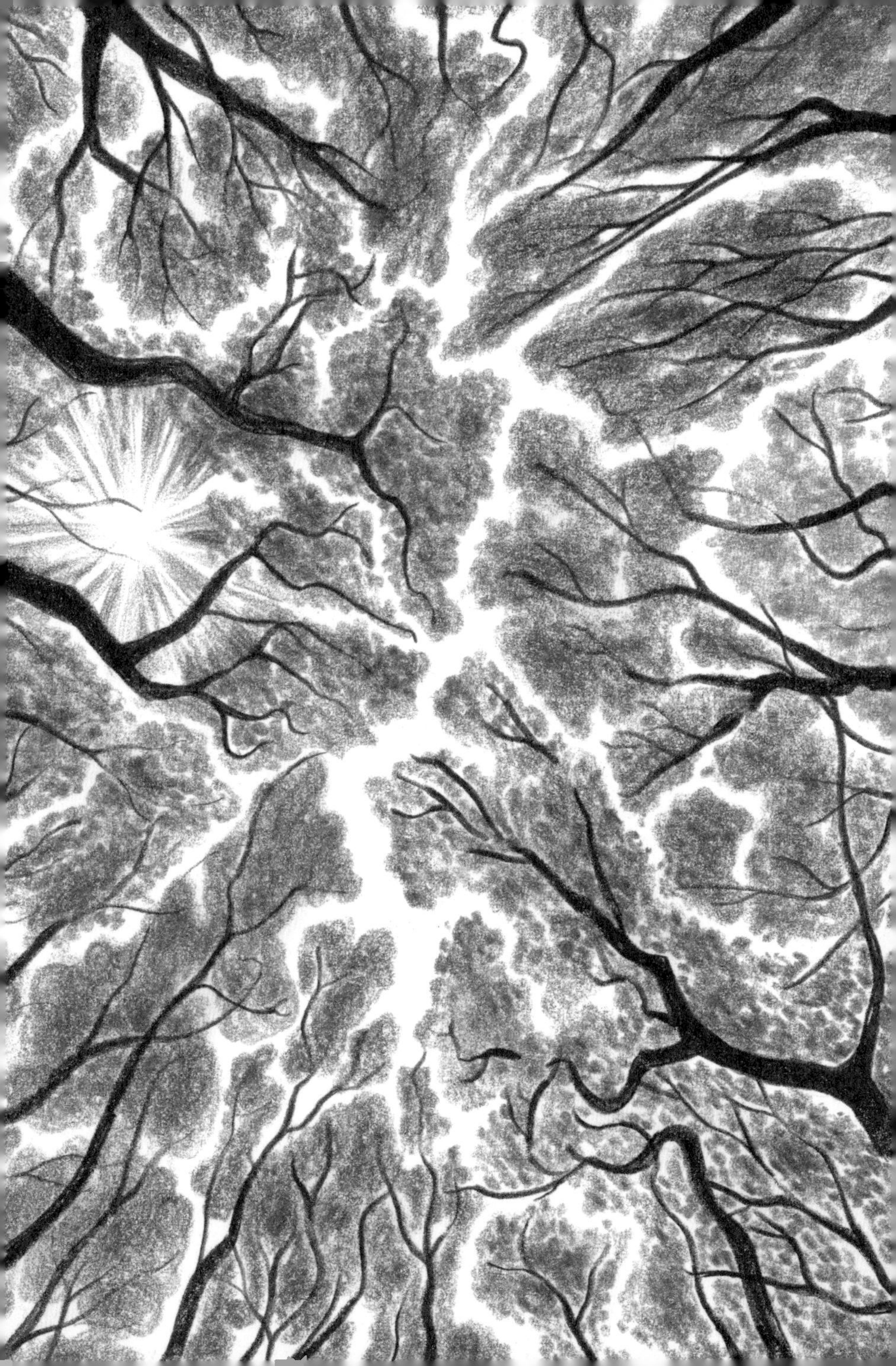

덕분에 나무는 바람과 빛 등 자연 자원을 고루 나누어 받는다는 주장이다.

다른 가설도 하나같이 그럴 듯하다. 나무의 줄기 부분과 달리 최상부 가지는 잔바람에도 쉬이 흔들리기 때문에 가지끼리 부딪히면서 서로 다치기 쉽다. 한 생물학자는 비슷한 키의 큰키나무가 자라는 숲에서 이 현상이 두드러진다며, 덕분에 나무는 다친 조직을 새로 키우는 수고를 던다고 주장했다.

나무의 최상부가 서로 부딪히면서 자연스럽게 가지치기가 일어난다는 가설도 있다. 바람을 통제하면 빛줄기가 사라졌다는 실험 결과는 바람과 이 현상의 연관성을 뒷받침한다. 한편 나무가 서로를 감지하는 인지력 덕분에 몸싸움을 피하고 최상부의 성장을 멈춘다는 주장이나, 가까운 곳에서 다른 나뭇가지의 잎을 인지하면 제 가지의 잎을 틔우지 않는다는 주장 모두 일리가 있다.

요즘 들어 큰키나무 사이에 빛줄기가 흐르는 현상이 잎벌레나 덩굴식물, 전염병 확산을 억제하기 위함이라는 주장에서 착안해 '나무의 사회적 거리 두기를 배우자'는 내용의 칼럼을 종종 접한다. 이 또한 가설이긴 하지만 확실히 이러한 현상은 나무가 자원을 공유하고 스스로를 오롯이 지켜 건강한 숲을 유지하도록 돕는다. 일정한 간격 사이로 빛이 흐르고 그 빛이 서로를 지킨다는 사실은 인간관계에도 적용할 수 있으니 여러모로 그럴싸하기도 하다.

우리는 숱한 관계에 둘러싸인 채 살아가며 늘 더 나은 관계 맺기를 두고 고민한다. 인간관계는 모든 인간에게 큰 숙제다. 20대 시절의 나는 그 숙제를 풀지 못해 안달을 부렸다. 누군가와 가까워지면 애정과 열정을 주체하지 못하고 더 가까워지려고 애썼다.

대학 시절, 남자친구와 종일 연락이 닿지 않는다며 퉁퉁거리자 한 선배는 관계를 오래 유지하려면 거리가 필요하다고 충고했다. 친밀한 관계라면 겹쳐지는 데가 많아야 한다고 여기던 때라 선배의 말을 전혀 이해하지 못했다.

이후로도 친구 사이든, 연인 관계든 합일의 경지를 이상향으로 여기며 교집합을 늘리는 데 집중했다. 함께하는 시공간을 늘리고, 취향과 사상과 추억을 공유하려 애썼다. 한데 이상하게도 물리적 거리가 좁아질수록 정작 보이지 않는 관계의 거리는 멀어져갔다. 괜한 불안감에 언약과 증표에 집착했지만 모두 미약한 끄나풀일 뿐, 관계는 나락을 걷다 파국을 맞곤 했다.

10여 년이 흐른 뒤에야 그 선배의 말을 이해했지만, 이번에는 너무 가깝거나 멀지 않은 관계의 거리가 얼마만큼인지 몰라 헤매었다. 거리가 너무 가까우면 맞닿은 복숭아처럼 빨리 물러지고, 그렇다고 너무 멀면 다른 산등성이에 오른 양 서로의 말이 들리지 않았다. 정녕 각자 온전하면서 함께 풍요로워질 거리는 어느 정도일까, 여전히 고민한다.

난대림의 빛줄기는 그 막막한 물음에 빛을 드리운다. 서로를 지키는 나무의 '거리'를 '마음'으로 대체하니 빛이 세졌다. 미풍에 흔들려도 서로에게 상흔을 남기지 않는 마음, 자신을 지키며 타인 또한 스스로 지키도록 도우려는 마음, 자신뿐 아니라 깃들어 살아가는 뭇 생명까지 아우르는 마음! 그렇게 나무의 거리를 보며 관계의 거리를 가늠했다.

숨 쉬러 숲으로

초판 1쇄 인쇄 2021년 10월 1일
초판 1쇄 발행 2021년 10월 15일

지은이 | 장세이
발행인 | 강봉자, 김은경

펴낸곳 | (주)문학수첩
주소 | 경기도 파주시 회동길 503-1(문발동 633-4) 출판문화단지
전화 | 031-955-9088(대표번호), 9536(편집부)
팩스 | 031-955-9066
등록 | 1991년 11월 27일 제16-482호

홈페이지 | www.moonhak.co.kr
블로그 | blog.naver.com/moonhak91
이메일 | moonhak@moonhak.co.kr

ISBN 978-89-8392-883-2 03810